シメオンの柱

～七つ奇譚～

かずなしのなめ　しば犬部隊
星月子猫　涼海風羽
武石勝義　十三不塔　人間六度

文芸社文庫NEO

目次

序

天辺も、底も見えない、霞に包まれた巨大な塔。それは何千何万年もこの地にある。

その塔は時代ごとに姿が変わり、時代ごとに呼び名を変える。ある時は信仰の対象として、ある時は畏怖の対象として、世界の中心にそびえ立ち、挑む者、住まう者、恵みを授かる者を生んできた。

塔の周りはぐるりと囲む大きな円環の橋がある。橋には多くの民が居つき、それぞれ暮らしを営んでいた。ヒトと呼ばれる種族だったり、そうではない者だったり。

塔はクリーチャーという怪物を生む。彼らもまた時として姿形を変えながら、世界の在り方を受け容れてきた。

ある時代の話だ。橋から生まれた者で初めて塔に挑んだ者がいた。なにも見えない霞の中で、未知の領域に踏み入れる彼の背中を橋の民は見送った。

それから何年もの時が経ち、ついにその者が帰ってくることはなかった。

しかし彼が遺した足跡は、後の時代の人々に多くの意志と希望を与えた。

人々はまだ見ぬ恐怖を打ち破り、そして帰らぬ者となった彼の勇気と栄誉を讃えて、今の時代では塔の名前をこう呼んでいる。

――〈シメオンの柱〉と。

今日も運び屋は車輪を回す

かずなしのなめ

かずなしのなめ

物書きの赤ちゃん。双子姫のパパ。

神奈川生まれ。

高校生のころからWebサイトに徒然なるままに書いていたら、パパになったころ『異世界の落ちこぼれに、超未来の人工知能が転生したとする 結果、超絶科学が魔術世界のすべてを凌駕する』（KADOKAWA）で商業作家デビュー。

登山が好き。山頂で食べるカップラーメンが好き。よくわからないけど哲学が好き。双子姫が好き。

「パパが言ってたけど、運び屋のお兄さんは、遠くから来たの？　でも外は危ないって、パパは言ってたよ？　野盗や怖い〝悪魔〟もいて、何人も死んじゃったんだよ？」

アーチ型の門からでは、建ち並ぶ家々は影しか映らない。辛うじて煙突部分や、個性的な屋根の傾きがシルエットとして分かる程度だ。しかし常に生活と隣り合わせの濃霧も、子供達の元気な声までは隠せない。

苦戦するジグソーパズルへヒントを与えるように、運び屋を通称とする青年は五指を揃えた掌で、下から上へ垂直に線を描く。

「何してるの？」

「朝の祈りだ」

丸太のように鍛え抜かれた腕の向こう側に、濃霧でも隠しきれない〝柱〟がある。太陽をとうに忘れた空へ頂点が隠れた、崇高な目印がある。

「あなたの柱に従い、迷わず動きなさい」

口にしたのは、自らの心を生涯震わせる、聖書の御言葉。

「神は居《お》られる。俺らが道を踏み外さないように、柱となり見守ってくれている。もし君達がこの霧の中で迷ったら、柱を想え。そして、自分が道を踏み外していないかを、確認するんだ」

子供達と同じ目線にまでしゃがみ込む。神を知らぬ子達への改悛《かいしゅん》ではなく、ただ次世代への教訓を残す大人がそこにはいた。

大人が来ると、村へ子供は帰っていく。

「運び屋さん、対価の食糧や物資、積ませていただきました」

「どうも。確かに」

運び屋の前には、長らく共にしてきた六輪の荷台が発進を待ち惚《ぼう》けていた。あらゆる種類の荷物が、見事なバランスで固定されている。中には食材を新鮮に保つための真空と冷凍を維持する絡《から》繰《く》りの箱や、野宿用のテント、薬剤の原料まで存在する。ずっと苦楽を共にしてきた相棒に、今日も村特有の食材が積まれた。

「しかし、これを一人で運ぶんですか？」

「まあ。慣れっこなもので」

今日までの軌跡を雄弁に物語る積荷は、高々と聳《そび》え立つ。

運び屋の肉体が強靭とはいえ、普通の人間から見れば無謀極まりない領域だった。

「あれから集落の調子はどうですか？」

「ええ。運び屋さんの薬、効きました。布も不足していたので助かりました。子供達も運び屋さんが持ち込んでくれた玩具で大層喜んでいます。……恥ずかしながら、我々は相当装備をしなければ、近隣と交易を行うこともできない状態でして」

「野盗だけじゃなく、〝悪魔〟もいるとか」

悪魔の話題を持ち出した途端、相手の顔が曇り始めた。

曰く、この辺りには〝悪魔〟がいるらしい。らしい、と想像が独り歩きしているのは、誰も見たことがないからだ。

何せたとえ見ていたとしても、その目撃者は〝消えて〟しまっている。

数十人という集団が消えたこともあった。

それは野盗が辺りに住み着く前からの、神隠し。

だが消失地点の近くで、正体不明の人影が目撃されたらしい。

いつしか〝悪魔〟と呼び、その影を恐れるようになった。

悪魔の容姿は、二倍の体躯《たいく》を持つ巨人とも、純粋無垢な小さい子供とも、幾百年も生きる老婆とも呼ばれ、収束の兆《きざ》しを見せない。

濃霧のカーテンは恐怖心で歪曲《わいきょく》した妄想を掻き立てる。正確な真理など、望むべくもないほどに。

「運び屋さんからすれば、取るに足らない都市伝説かもしれませんが」

六つある車輪の固定具を外しながら、ふっ、と小さく運び屋は笑う。

「いえ。俺もそれなりに旅してきて、世界は頭で理解できないことの方が多いとは知ってるので。ただ、その中でも確かなことは、だからといって足を止めることなんてできないということくらいですかね」

荷台の一番前、台座と繋がった持ち手たる柄《え》を持ち上げる運び屋。

恐れも躊躇《ためら》いもない顔つきに、村人も止めることはできないと観念する。

「この度は本当に助かりました。運び屋さんに、旅の御幸運を」

「はい。皆様にも、柱の御加護を」

運び屋が歩くは、今日も人々が暮らす橋の上。

人類が大地を忘れて幾星霜。霧に奪われた空を忘れて久しく。

ただ拠《よ》り所となるは、住まう集落と、円環の中心に佇む巨大な〝柱〟の陰。

「さて、今日も回すとしますか」

今日も運び屋は車輪を回す。

＊

「もし。そこの娘。こんなところで何をしているんだい」

前の集落を出てから二度目の朝、青い髪を見た。

小さな体だが、端麗へと完成しつつある美貌は、大人と子供の狭間くらいの齢《よわい》かもしれない。しかし少女が集落から離れた名も無き場所に、襤褸《ぼろ》布だけを纏《まと》った状態で一人しゃがみ込んでいては、運び屋も流石《さすが》に心配の一つをせざるを得ない。

首を傾げた少女が、抱えた膝で頬を潰しながら、じっと見てくる。

「オニーさんは？」

「俺は運び屋をしながら、世界を旅している者だ」

「世界を旅している、ね。私達の世界はこんなに手狭なのに」

「本当に狭いのかどうか、確かめている最中だ」

「じゃあ運び屋さん、ついでに私を乗せてくれない？」

「ヒッチハイクね。どこまで行きたいんだい？」

「アルレビオ」

「二つ先の集落だね。いいよ」

二つ返事の後、山積みの荷物を手際よく整理し始める。忽《たちま》ち少女一人分のスペースを確保し、敷いた白いクッションを叩いて少女へ乗車を促す。

少女は誘われるがままにクッションの上に座る。

車輪がまた動き始めた。直後、荷物の隙間から蠱惑《こわく》的な笑顔を出してくる。

「オニーさん、私、何も交換できるもの、持ってないよ」

「それがどうした」

「対価は払わなくていいの?」

「旅は道連れ、世は情けって知ってるかな」

「そんな臭いセリフを言って、私の体を狙おうとしてるの?」

「感心しないな。そんな質問をするとは」

「集落の外ではどんな悪事も、霧の中じゃ分からない。運び屋と名乗っておきながら、実態は野盗だったってオチもよくあるし」

「よく知ってるじゃないか。なら君はどうして一人で集落の外にいるんだ?」

「迷ってたの。ずっと」

「なら、俺の出番だ。迷える子羊を放っては、教えに背くことになる」

「オニーさん聖職者か何か?」

「聖書を貸そうか」

「いらない」

無味透明の冷たい声。とはいえ塩対応は慣れたもので、小さく笑うだけに留めた。

「それにしてもさ、オニーさん、世界を旅してるって言ったよね」

「そうだね」

小馬鹿にした窃笑をすると、少女は窮屈な世界を広げた両手で示して見せる。

「こんな世界を旅するって何が楽しいの？　どうせどこ行ったって霧だらけの代わり映えしない世界しか見えないよ」

止《とど》めの一言を補強する視線が、荷台の車輪で振動する地面に向く。

「旅して確認できるのは、どこまで行っても橋が続いていて、あとはあっちに見える柱しか存在しないってことくらいじゃない？」

＊

天を貫く柱と、それを囲む円環の石橋と、すべてを覆い隠す霧。

柱と内周の隙間、もしくは外周をはみ出した先にある、底無しの空白。

この世界には、そんなたった四つの要素しかない。

運び屋が踏みしめる足場は大地ではなく、橋でしかない。

その橋と隣接するは、果てしなき奈落。足を踏み外せば最期。落ちた先は別の橋が架かっているのか、聖書に記された大地なのか、あるいは深淵なのかは落ちてみなければ分からない。死後の世界が、死んでみなければ分からないのと同じように。

世界は最初からこの形をしていたのか。はたまた神話の通り、大地から円環の橋へと打ち上げられたのか。そんな様々な理論や信仰が現れては、悉《ことごと》く干からびていった。

「済まない、現在地を確認する」

少女に言うと運び屋は足を止めた。

現在地の把握が、この橋においては一番難しい。遭難は、命取りとなる。

橋は巨大で、左右の果てから果てまではかなりの距離がある。少なくとも集団を常とする人間が、村を各地に作って生き延びているくらいには広い。ただし、何も考えずに歩いていれば気付いた時には果てから真っ逆さま、というくらいには狭い。

「あったあった、目印……」

僅《わず》かな安堵が、しゃがみ込んで地面を摩《こす》る運び屋から零《こぼ》れる。

後続が迷わないようにと、先人達は塗料で矢印や文字を残してきた。これと地図を照らし合わせることで、現在地が分かる。

「信じるの？　その目印を」

少女の懸念の通り、目印が正しい確証はない。

偽物の目印が、地獄への片道切符だったなんてことも珍しくない。

地図にだって、嘘や間違いが書いてあるかもしれない。

「信じてみる」

即答した運び屋は、目印の方向へと荷台を引っ張った。

「オニーさん、勇敢なんだね」

「立ち止まっていることが怖いだけさ。それに迷ったら、柱を見て確認すればいい」

重荷に軋《きし》む車輪を止め、はるか向こう、円環の中心で天を突く〝柱〟を見上げる。

深い霧の中でも、絶対的な存在感を示す直線のシルエット。

近づきすぎれば明瞭になり、遠くなれば不明瞭になるため、今自分がどれくらい左右に傾いているのかを悟る尺度にもなる。

「柱は我らを見守る神の化身。橋は神の思し召《おぼしめ》したる人の筋道……神は柱となって、見守ってくれている。霧の中でも人々はそうやって、生きてきた」

「でもあの柱、何なのかオニーさん、知ってるの？」

「神の化身さ」

「そうじゃなくて。あの柱には魔物が住んでるって話だよ。麓《ふもと》にも魔物がいて、中に入ろうとしたら喰われるって話じゃん。それを神の化身だとか言われても……」

「それが神の寛大さだ。魔物を内包しようと、神の意志は全く揺らがない……ん？」

霧の異変に気付く。

「荷物に隠れて、じっとして」

少女に沈黙を要求すると、運び屋も足を止める。

霧では音は隠せない。不意打ちを企む、靴裏と地面の摩擦音が鼓膜を刺激する。

五人。その風貌が明らかになると同時に、彼らは得物を引き抜く。

銀色の切っ先と、御馳走を目前にした獣の飢えが、運び屋に集約する。

野盗。訊くまでもない。

「噂通り。物好きな流浪《るろう》の運び屋が、この辺りをウロチョロしてるとは聞いたが」

「おたくら、ヒッチハイクでもなさそうだな」

「兄ちゃん、ここまで重かったろう。俺達が貰ってやるから荷物を置いていきな」

「断る。この荷物は俺が旅してきて色んな人から貰ったものだ。これらを必要な人に届けることが、俺が神から授かった使命だ。どいてもらおう」

「やれやれ、命あっての物種だっていうのに。そこまで言うなら是非もない。俺らが神様のもとへ送ってやるよ」

嘲笑する野盗に対し、運び屋は眉一つ動かさない。

「もう一度言う。どけ。使命の邪魔だ」

冷たく言い放ち、両腰から大型ナイフを二本抜く。逆手に握った黒刃を交差させ、目線の高さまで持ち上げる。

「やれ」

一番後ろで腕組みをする巨漢の号令。

直後、前にいた四人の野盗が、一斉に駆け寄ってくる。

うち二人は荷台に向かい、他二人は運び屋を殺そうと剣を振り上げる。

対する運び屋は、眼前で最上段へと伸びる凶刃に見向きもしない。ただ手にしていた二本のナイフを、自分から離れていた二人、即《すなわ》ち荷物へ駆け込む二人へと投擲《とうてき》する。

「うっ、があああああああっ⁉」

「あっ、あっ」

霧は、悲鳴までは隠せない。

一人は左太腿に深々と刺さった黒刃を見ながら崩れ、一人は斬り落とされた手首部分を抱えながら悶絶する。赤い噴水は、幸いにも荷物や少女にまでは届いていない。

だが、ナイフの投擲と引き換えにがら空きとなった背中目掛け、一刀両断せんと二人分の刃が振り下ろされていた。

「馬鹿め！　隙だらけだぜ――っ⁉」

想定外の声を漏らした時には、運び屋は野盗二人に密着していた。

逆に隙だらけな野盗の腹部へ、肘鉄を叩きつける。

腹部に、深々と減《め》り込む巨腕。

内臓まで、圧縮される。

「ご、ぶ」

二人揃って地面に転がる。

泡を吹くのみで意識を保つのがやっとの様子だ。

「あ、兄……貴……」

残された野盗はあと一人。伸ばされた仲間の手を、鼻で笑って蹴る。

運び屋を上回る巨軀《きょく》と、人を人とも思わぬ冷淡な三白眼がゆっくり近づいてきた。

「ただの荷物運びにしちゃあ、なかなかどうしてできるじゃねえか」

「最後通牒《つうちょう》だ。部下を連れて消えろ。返り血で荷台が汚れると、こっちも困る」

「奇遇だな、俺も血で折角《せっかく》の荷が汚れちゃ困る。俺はどちらかといえば骨が折れていく様を見るのが好きでね。背骨か頸椎《けいつい》さえ折らなきゃ、案外死なずに嘶《いなな》きを楽しめる」

指の骨を小気味よく鳴らしながら、無防備に運び屋へと近づく。男が野盗として犯してきた罪を表すように、筋骨隆々の体には幾重もの古傷が彫られていた。

体の大きさは野盗の方が上だ。身長の利を活かし、野盗が勝ち誇った顔で見下ろしてくる。

「俺らは本職が戦闘だ。そんじょそこらの荷物運びが背伸びしたところでどうにもならねえ現実ってのを、文字通り骨の髄にまで分からせてやるよ」

降ってきた両手に呼応して、運び屋も握り返す。

純粋な力比べ。どちらかが潰れるまで、折れるまで終わらない。

「んん？　んん？　どうだ……⁉　貴様とは、潜《くぐ》ってきた戦場の数が違う！」

霧でも全く隠せないほどに密着した煽《あお》りの笑みが、視界を覆う。

「あ、あれ？」

だが、嗜虐《しぎゃく》的な笑みは段々と凍り付いていく。

いくら力を加えても、運び屋の体はビクともしない。組み合う掌が砕けない。体格では野盗の方が勝っているのに。

対照的に、運び屋は涼しい顔を保っていた。

「お前とは、背負ってきた積荷の重みが違う」

男の掌を、逆に握り返して砕く。

「ぎあああああっ⁉」

野盗の悲鳴。

五指がすべて明後日の方向に砕け、骨が突き出ている。正気を失うには十分な損傷だ。

その隙に後ろへ回り込む。鋼鉄の上腕二頭筋を無防備な喉へ巻き付ける。

「ま、待――」

ゴキ、と。

味気なく簡潔に、呆気《あっけ》なく完結した音だった。

あらぬ方向へ捻じ曲がった頸椎ごと、巨軀は橋に沈む。

その隣で、残りの野盗へ睨みを利かせる運び屋。

「あ、兄貴がやられた……！」

恐れをなした野盗は、我先にと散り散りに逃げていく。

霧へ溶けていく背中を追うこともせず、先程投げた大型ナイフを拾っていると、荷物の隙間から布に覆われたまま少女が顔を出した。

「強いね、オニーさん」

「済まない。気分の悪いものを見せた」

短剣にこびり付いた血を布で拭き取って仕舞うと、運び屋は詫びた。

「でも、野盗だし。悪人は、みんな死ぬべきだよ」

遺体を見下ろす少女の目が、絶対零度の香りを漂わせていた。

「俺は、そうは思わないな」

「流石《さすが》聖職者。聖人だね。その割には躊躇《ちゅうちょ》なく殺してたけど」

「少しだけ寄り道をさせてくれ」

そう言うと、転がっていた野盗の遺体を肩にぶら下げ、もう片方の腕で荷台を押し始める。

「ちょっと、橋の端に行っちゃうよ？」

先程の目印とは明後日の方向へと転換していた。柱の影が揺らめく方向へと、車輪を回していく。

暫《しばら》くして、橋の果てへと辿り着く。

ここから先、道は無く深淵のみが顎《あぎと》を開けている。

深淵がどこまで深い様相を呈しているのかは、濃霧で分からない。少なくとも、橋から落ちて這い上がってきたという話を聞かないほどには深いのだろう。

「ここでこの男を弔《とむら》う」

「えっ、〝橋葬〟⁉」

意外そうな声が後ろからしたが、構わず運び屋は遺体を投げ降ろした。

目に見える自由落下は一瞬。深い霧へと軀《むくろ》は消えた。

遺体を橋の下へと投げ落とす橋葬は、どの集落でも有名な弔い方だ。

「なんで？　なんで野盗なんかのためにそこまでするの？」

納得も理解もできないといった少女に、ようやく運び屋は向き合う。

「神を信ずる者として、人の道を踏み外してしまった彼の道を、最後は正すべきだ」

「……何それ。悪人にやさしい教えってこと？」

「誰もが悪人だよ。俺も君も。程度問題ということさ」

不服そうに蹲《うずくま》る少女を置き去りにして、運び屋は心から祈りを唱える。悪人のために。

「神よ、道を間違えた者へ最後の救いを」

*

「よかった、日没までに着いたな」

丁度霧と夕暮れが混ざり始めた頃、小さな集落に辿り着いた。

前の集落と比べると門らしき防衛機構もなく、建物も随分と粗雑な造りに見える。

「明日発てば、アルレビオには昼過ぎぐらいに着くだろう」

「うん」

朝拾った時とは打って変わって、空回りした反応をされた。

理由は二つ考えられる。一つは、朝からこの少女は、水や食料を渡しても一切口に運ばないのだ。

「そんなに元気が無いのなら食事の一つでもとったらどうだ」

「いいわ。私、お腹は空かないの」

「それなりに旅してきたが、何も食べずに生きられる人間なんていなかったぞ」

呆れた口調で運び屋。

だが理由はもう一つ思い当たる。

悪人を弔った運び屋への失望は、とても分かりやすかった。

「それにしても、妙な空気だ」

ここから見える柱は、夕暮れのせいだけでなく、どこか終末感を漂わせていた。

運び屋の予感は直ぐに裏付けられた。集落から突如飛び出してきた男達が明瞭になるなり、手にしていた棒や槍を突き付けてくる。

両肩で吐く息が、興奮冷めやらぬ敵意を押し付けてくる。

「お前、野盗の仲間だな⁉」

「いや、しがない運び屋だ」

「騙されねえぞ！　村には何人《なんぴと》も入れさせねえ！」

取り付く島もない。どうしたものかと様子を伺っていると、少女が後ろから耳打ちしてきた。

「野盗だと勘違いされてる？」

「この近くにさっきの野盗の本拠地があるようだ。ここは度々襲われているのかもしれない」

度重なる外敵の侵略が、彼らの排他性を強くしてしまったようだ。完全に集落外の人間を、例外なく敵扱いしている。

「でも、オニーさんが倒したはずじゃん」

「前の集落で聞いた規模からすると、野盗はもっといる」

「何をごちゃごちゃ言っている。その荷物を全部置いていけ。……ここで寝泊まりしたけりゃ、荷物すべてが対価だ」

先程の野盗とは別ベクトルに感情がとびぬけている。飢えた狂気そのものが、槍を持ってにじり寄ってくる。純粋な取引さえまともに行えない。

「オニーさん、正直外で寝泊まりした方がまだ安全だと思うけど」

「そのようだね。でも、神は言っている。ここに来た意味を果たせって」

柱を見上げて自身に言い聞かせると、運び屋は一歩前に出る。その迫力に気圧《けお》され、集落の人間達は後退《あとずさ》る。

集落の完全なる孤立。

武器を構える男達の切羽詰まった表情。

加速する排他性の裏にある事情を、運び屋は見抜いていた。

「あなた達には薬が必要だ。そうだろう？」

「何……⁉」

運び屋は、男達の全身や、顔面のパーツをくまなく観察する。

集落の様子も凝視する。地面に倒れたまま、動かない影が見える。

「体全体の青々しい斑点、倦怠感《けんたいかん》、眼の充血、朦朧《もうろう》とする意識――典型的な〝天毒病《シケ》〟だ。村全体に広がっている」

「天毒病……⁉」

男達は反芻《はんすう》した。

「最近、柱からの〝恵み物〟があったはずだ。多分食料」

沈黙で男達は図星を示した。

天空へ聳える柱からは、時折流れ星のように何かが降ってくることがある。運悪く硬いものが頭に落ちてきて死ぬこともあれば、運良く生活の質を向上させる物や、腹を満たす食料が落ちてくることもある。

恐らくは、柱に住む住民のものだろう。

昔から〝恵み物〟と呼び、人々は有難く受け取っている。

「だが、恵み物には毒が入ってることがある。特に食料は適切な処置を施さないまま摂取をしてしまうと、毒が体を蝕《むしば》んで最悪死に至る。それが天毒病だ」

「そんな……恵み物へ、悪しき言い方をしちゃならねえ」

「恵み物に悪はない。それは柱を、即ち神を侮蔑する愚かしい行為だ。けれど、俺達人間が無知なことは悪だ。もしちゃんと周りの集落と交易を行えていれば、天毒病の知識も、薬だって得ていたはずだ」

指摘をしつつ、荷台の奥から胸一つ分の大きさの箱を取り出す。

中から取り出したラベリングされた瓶の中には、同種類の錠剤が含まれていた。

「早急にそれを全員に飲ませろ」

有無を言わさぬ雰囲気を醸し出したまま、瓶を男達に投げる。

慌てふためきながら手に取ると、男達は恐る恐る中の錠剤を覗き込んだ。

「こ、こんなものを急に渡されても……！」

薬を恐れているのだろうか。製薬は直近数十年で飛躍的に伸びた分野ではあるが、今日びここまで懐疑的な反応をされるのは珍しい。

霧に引き籠《こも》るという選択は、文明の高低差をこうも生み出す。

「……家族の命を助けたくないの⁉」

不意に棘に刺されたように、男達のぎこちない視線が荷台の少女へと向かう。

「何人が犠牲になったの？　天毒病が始まったのは昨日今日の話じゃないよね⁉」

「それは……」

「怖いからって、折角家族が助かるチャンスを台無しにするの？　天毒病を知らなくても、何となく分かるでしょう⁉　このままじゃまだ生きてる家族も死んじゃう！　私だったら、妹の……家族のためなら自分一人で隣の村に行ってでも、薬を取りに行くけど⁉　それがこんなに簡単に入手できるなら、泥啜《すす》ってでも土下座の一つくらいあって然《しか》るべきじゃないの⁉」

「う、うるさい！　野盗にこれまで何人殺されたと思ってんだ！」

苦し紛れの殺気と矛先が少女に向いたところで、運び屋も懐から大型ナイフを取り出す。逆手に構えた刃で牽制しただけで、戦意を挫《くじ》かれた病人達は硬直する。

「いいだろう。俺達にできることはもう無いようだ。血が流れる前に失礼する」

固定金具を外し、車輪の向きを翻《ひるがえ》す。

無防備な運び屋と少女の背中に、男達は最早《もはや》近づくこともしない。

「この集落の未来のため、一つ忠告する。停滞は最悪の罪だ。ずっと座り込んだまま、神から与えられた心を腐らせているのなら、それは死んでいるのと同じじゃないか？」

生存がかかった薬をどうしたのか、結局この集落がどうなったのか、運び屋が知ることはもう無い。

＊

村を離れて三十分程。

暗闇の中で、荷台は再び固定された。

運び屋は、炎を起こした。

その炎は串に通した肉を炙《あぶ》りつつ、並べた試験管やフラスコ、そして液体や粉を照らす篝火《かがりび》として煌々と輝いていた。

勿論《もちろん》、野盗がこの炎を頼りに攻めてくるかもしれない。流石に夜と霧の監獄では野盗も自由に動くことはできないだろうが、いざという時は隣に置いている大型ナイフを抜くつもりだ。

「何をやってるの？」

ひょい、と隣に座った少女に声をかけられる。

「薬の調合だ。さっきの集落に大分やったから、また作らなくては。……この地方は天毒病の薬がどうにも少ないみたいだからね」

「オニーさん、医者だったの？」

「知識があるなら医者じゃなくても薬は作れる。俺が世界にできることをしてこそ、世界は俺の旅を受け入れる」

医療が発達した別の地方では、運び屋が闇医者のような真似をする必要が無いくらいに薬のネットワークができている。一方で今運び屋が旅している地方のように、薬が十分に行き届かない地方もある。

ある村では治る病も、ある村では治らない。

生まれた場所で決まる残酷な運命に抗うための一石となることも、運び屋としての使命の一つだ。

「しかし君は薬じゃなくて、食事をとるべきだ」

「何それ」

「飯盒《はんごう》。コメという食材を扱う、ここから遠いところで見つけた面白い料理だよ」

同じ炎に炙られていた鉄の容器を、手袋を嵌《は》めて取り出す。上から見ればソラマメの形をした容器から蓋を外すと、霧よりも温かい水蒸気と共に、白い宝石が敷き詰められたまま姿を現した。

あっ、と少女が目を見張る。

「これが、コメ……⁉」

「美味しい食べ方がある」

掬《すく》うための食器を持つと、掌に広げていた包み紙にしっかり炊かれたコメを移す。一瞬、茶色に焦げた部分が顔を出し、それはそれで少女の注目を集める。

塩をまぶした後に形を整える。

球形にすると、少女の手元に置くのだった。

「おにぎりといってね、元々は恵み物で、上から降ってきた稲という植物を栽培したものだ。コメの栄養価は非常に高い。元気を与える食べ物としては、これ以上ない贅沢品だ」

勿論、それを食べても天毒病にはならない、と念のための補足も忘れない。

だが、心を奪われていた瞳に、靄がかかる。

「無理に食べろとは言わないけど、持っていろ。食べたくなったら、食べろ。多分その時が一番美味しいから」

無言で頷いて、宝石のようにおにぎりを抱える少女。

炎で暖を取りながら、運び屋が尋ねる。

「妹がいるのか」

「うん」

首肯すると、少女は胸元から掌に収まるほどの人形を取り出した。

「それは？」

「御守り。村を出るときに、妹から貰った」

御守りである人形を眺めながら、少女は続ける。

「妹が天毒病に罹ったの。でも村には薬が足りなくて、妹には行き届かなかった。だから、別の村と往来する運び屋に乗せてもらって、薬を買いに行った」

世間一般で言うところの運び屋の守備範囲は、本来交流がある村同士に限られている。橋すべての集落を流浪する運び屋は突然変異だ。

「でも途中で野盗に襲われて……それで、まあ、色々あって」

曖昧模糊《あいまいもこ》な言い方だが、一度は捕まって酷い目にあったのかもしれない。最初に出会った時の品定めするような様々な物言いは、その経験から来たものだとは容易に推測できる。

「私が村を出てから、別の運び屋によって薬は十分に入ってきたみたい。妹が助かったって話も、後から聞いた。だから私は、そもそも動く必要なんか無かったんだ」

ただ先走って、そして痛い目を見ただけなんだ、と自嘲《じちょう》する。そして、また品定めをする妖艶な視線を醸し出す。

「ねえ、オニーさん、外の世界は、本当に怖くて、痛くて、地獄だったよ。こんな御守りじゃどうにもならないくらいに。『柱は我らを見守る神の化身。橋は神の思し召したる人の筋道』ってオニーさん言ってたっけ……。でも私は、柱や橋じゃなくて、霧があるからこそ人は生きていけるんじゃないかって思えるんだよ」

沈黙。続く言葉を待つ。

「怖い人間がいても、霧で隠れることができる。みんなで一つの場所に隠れていれば、安心して生きていける。人の本質は悪だよ。野盗とか、さっきの集落とか、悪人に会わないように、霧が私達を守ってくれているんだ」

ぱち、ぱち、少女の性悪説へ拍手するように悲しく爆《は》ぜる音。

「……違う」

しかし僅かな風にさえ揺れる灯火《ともしび》は、か弱くも見えた。

「霧は、確かに迷いの顕現《けんげん》だ。霧は人を試す。疑心を生み、暗鬼を放つ。知性を鈍らせ、理性を曇らせる。勇気を霞ませ、恐怖で打ちのめす」

丁度、恐怖に打ちのめされた少女を見る。ただし、責めるような目線ではなく、寄り添うような優しさを、言葉に乗せる。

「でも、それじゃ生きているとは言えないと思う。霧の中でじっと生涯を終えるなんて、死んでいるのと、何も変わらない。さっきの集落を思い返せ。彼らこそが君の言う、霧に引き籠り、悪塗《まみ》れの世界から断絶した結果だ」

「じゃあ、生きているって、何なの」

「あなたの柱に従い、迷わず動きなさい――聖書に記された神の御言葉。生きているとは、要は動くことだ」

「動く、こと？」

「命は、いつ尽きるか分からない。一秒後かもしれないし、明日かもしれないし、百年後かもしれない。でも、たとえいつ死のうと、使命を胸に動いた足跡こそが、生まれた意味を決める」

「使命、ね。神を妄信する人ならでは、だね」

「……使命は宗教じゃない。真理だ」

今日の柱は、思いのほか鮮明だ。篝火のせいだろうか。

「神を信じていなかったとしても、俺達には共通して持ってるものがあるだろう？」

「それは何？」

「心だ。俺達は、胸の奥底から迸《ほとばし》る情熱で、車輪を回す」

自分の分のおにぎりを手にして、齧《かじ》り付く。愛おしく咀嚼《そしゃく》して、食道へ流していく。

「心には、情熱を無視した停滞は毒だ。自分のことだけしか考えず、そして動かなければ淀《よど》みを生じ、悪へと転ずる。集落の世捨て人達がいい例だ」

「けれど動いたとして、野盗に成り果てることが生きているということなの？」

「あれも本質的に動いているとは言えないよ。自分だけが美味しい思いをしたいと、他者の血肉を喰らってる。自分の縄張りから一切動いてない」

荷物の山も、橙色に照らされて強調されていた。始まりからここに至るまで、背中にいてくれた相棒に目を移す。

確かに、積み上がった荷は重い。けれども、その重さはこれまで関わってきた人間達の証左《しょうさ》でもあった。

積荷の数だけ、情熱の歴史がある。

「人は、誰かのために何かをしたがる生き物だ。色んな集落を回ってきたけど、霧に負けず動いている人が、一番生き生きとしていた」

「そんなかっこいいことを言えるのは、オニーさんが特別善人だからだよ」

「前も言ったが、完全な善人は神だけだ」

もし本当に善人ならば、先程の集落だって救えていたはずだ。もし本当に善人ならば、この少女に降りかかった悲劇だって防げたはずだ。

「人間は須《すべか》らく欠けていて、不完全だ。故《ゆえ》に誘惑に負けて排他的にもなる。時には暴走して衝突することもある。そんな時、理性を柱が呼び起こす。柱を見上げて、神の眼を意識して、自分の現在地を確認する」

「結局宗教じゃん」

「ははは。だけど、もう一つ助けになるものがある。他人の心だ。俺達は欠けている。だからこそ、集落という社会で寄り合い、家族として愛し合い、同じ橋に生まれ落ちた生命として助け合う――〝旅は道連れ、世は情け〟だ」

弱まり始めた炎に新しい薪をくべる。

ぱち、ぱち、と、爆ぜる音。

自由に動き回る火の粉の群れ。

星無き霧塗れの漆黒に、些細なイルミネーションを展開する。

俺たちは、ここだ。強くなった炎は、そう心無い無色の世界に訴えかけるように揺れる。

「そんな真理と積荷が、俺の背中を今日まで押してくれた。車輪を回す原動力になった。これに背いて膝を抱えて座り込むんじゃ、俺は俺が生きているとは、断じて言えない」

　立ち上がると、荷台からテントや固定具、布団の類《たぐい》を降ろして、手慣れた設営を始める。その背中に、未だ殻に引き籠った声が刺さる。

「あのね、世の中の人間は、オニーさんみたいに皆強くないよ」

「そうかもしれない。でも君は、少なくとも強いぞ」

「えっ」

「妹を助け出すために、集落を飛び出したじゃないか。動いたじゃないか。確かに、君の行動は骨折り損のくたびれ儲けだったかもしれない。でもだからと言って、君が間違っていたとはどうしても思えない」

　炎が同調するように、一瞬揺らめく。

「それにカッコよかった。間違いなく善人だったよ。薬に怯える人間達に、家族の大事さを訴えた君は」

「いや……ただ、カッとなっただけ、というか」

「どうか、家族を助けようと試練に立ち向かった君の心まで、間違っていると否定しないでほしい。君の柱に従い、君の心に従い、動いた歴史を、否定しないでほしい」

テントを作り終えて、少女を中に入れる。

運び屋は入口に陣取り、ナイフを抜いた状態で座り込む。

「オニーさんは中に入らないの？」

「このテントは一人用だ。男女が入るには狭すぎる。それに、固い地面の上で寝るのは、物心ついた時からよくやってる」

「オニーさん、やっぱりヘンだよ。ヘン過ぎる。だからオニーさんの言うこと、一割も分かる気はないよ……もう、遅いし」

「もう、遅い？」

思わず反芻したが、この時は野盗に襲われた恐怖のことを指しているのかと自己完結した。

「ただ一つだけ、言えることがあってね」

極寒から帰ってきて暖炉《だんろ》に触れたような、生命を再確認する震えた声。

テントの中では、一つの奇跡が間違いなく起きていた。

「食べ物って……こんな温かかったんだ……」

少女の本音が、ようやく聞けたような気がした。

＊

結局野盗も悪魔も夜襲してこなかった。

その感謝と共に祈りを済ませて、朝の橋を渡る。

「そういえば、昨日話していなかったな」

「何？」

「俺にも昔、妹がいて――」

その時だった。

霧の中から、幾つもの飛矢が空間を切り裂いた。

少女に当たらないように庇うのが精いっぱいで、自分の左肩と右足に突き刺さる。

「オニーさん！」

「うぐっ……」

抉《えぐ》られた傷自体は浅い。矢傷だけならまだ動けたし、十分治療もできた。

だが遅れて襲い掛かった感覚の遮断が、膝立ちになった運び屋から直立の機能さえ奪い取っていた。

「しまった、痺《しび》れ毒か……！」

「くっくっく、何と大量の荷物を抱えていることか。昨日は可愛い部下をよくも殺してくれたもんだ。ちゃんと対価は払ってもらわないとな。流浪の運び屋君⁉」

集団の足音。辺りの霧が人影で鮮やかになっていく。

宝のような積荷へ目を奪われる部下を背景に、装飾豊かなコートを羽織ったスキンヘッドの男が、古傷の模様がついた双眸《そうぼう》で運び屋を見下ろす。

野盗の頭領。

事前に聞いていた情報の通りだが、痺れ毒の知識があったことまでは想定外だった。

完全に万事休すだ。

「逃げろ！」

「でも！」

動揺する少女。逃がさねばならない。

「……君を送り届けられなくて済まない。だけど、何とか妹さんのところまで辿り着くんだ！　それで、ただいまって言ってやるんだ！　それは、生きてる人間にしか、できないことだから!!」

頭領に蹴り飛ばされ、地面を転がる。だが命乞いの言葉など浮かべている暇はない。

生命を運ぶ者として、喉から振り絞る。

「行けっ!!」

「なんだ、女がいたのか。くくく、ガキでも愉《たの》しめるっちゃ愉しめるな！」

少女へ悪しき目線が集約した瞬間、胸ポケットから黒い球を取り出す。同じ個所に仕込んでいた火打石で着火させて転がすと、霧よりも圧倒的に濃い黒煙が急速に充満し始める。

「煙幕か⁉」

視界を奪われた一瞬の隙を突いて、運び屋は荷台の陰へと這う。

少女の不在を確認し、安堵する。これで少女が逃げる時間を稼げる。

けれども自分が逃げるだけの時間はないだろう。毒は足の神経を散々に奪っており、走る余力も残っていない。

「ここまでか……」

自分の生命も。使命も。そして、運び屋としての旅も。

長いようで、短かった。短いようで、長かった。

その時脳裏に浮かぶは、妹。

幼くして、自分より先に逝ってしまった妹。

まだ生きていたころの笑顔を思い浮かべたら、何だか運び屋も笑ってしまった。

「なあ……お兄ちゃんな、少しは〝あの問い〟について、お前を納得させられるかもしれない」

荷台に背を預けて、今は亡き家族を想いながら、呼吸を整える。

大型ナイフを抜き、薄くなっていく煙幕の中で狼狽《うろた》える野盗を見据えた。

野盗たちはもう間もなく立て直すだろう。その前に不意を突く。痺れ薬が体に回りきるまでが勝負だ。

あの頭領だけでも道連れにできれば、野盗も少女を追うどころではなくなる。

「……天におわす神よ。我が使命の完遂を、見届けてくださりますように」

最後の吸って吐いてを終わらせて、一思いに飛び出そうとした――時だった。

「やめて」

「えっ」

視界に映ったのは、青い髪。

この二日間、ずっと一緒にいた少女の絹糸みたいな後ろ髪。

少女は逃げた訳ではなかった。寧《むし》ろ悪人達の前に、神の降臨を再現するかのように堂々と佇んでいた。

「へっ！　ガキの方が物分かりいいじゃねえか！」

「待て、待ってくれ！」

野盗の野暮な手が、少女へと伸びていく。それを見て、反射的に足に力を籠める。されど、麻痺した側の右足はどうしようもなく、再び転倒する。立ち上がろうと藻掻《もが》けば藻掻くほど、麻痺した神経が絡まって空回りする。

「そういえば、まだ対価、払ってなかったね」

少女は、浮いた。

音もなく、重力から解放された。

聖書に記された救世主の復活。それの逆再生を体現しているかのように。

「オニーさん。ありがとう」

氷河も溶ける、優しくて温かい声。

直後、事は起きた。

「う、うわあああああああああああああああああ⁉」

悲鳴。

正気を失った声が、直ぐに遠くなっていく。

「落ち……た⁉」

端でもないのに、落ちていく。

石造りの橋が、底なし沼の水面に変貌したかのように。

野盗は一人残らず、足場があったはずの下へと落ちていった。

〝消えていった〟。

都市伝説曰く、悪魔と出会った人間は、消える。

「まさか」

……確かに、世界は頭で理解できないことの方が多いと自覚している。だが、幾ら何でも物質をすり抜け、無慈悲に人が落ちていく光景は絶句する他なかった。

だが次第に、運び屋は落ち着いていく。痺れ薬が、変に効いているせいだろうか。

「そうか……そうだったのか」

と運び屋は一つの仮説に至る。

悪魔と出会った人間は、こうして消えたのか。

落ちて、消えたのか。

橋葬されて、消えたのか。

涼風にはためく襤褸の布と、寂しそうに霞む背中を見て、思わず呟く。

「君が、悪魔だったのか」

＊

意識を失っていたらしい。

未だ明滅する自我の中、自分が少女に膝枕をされていることを理解した。

「ここが、柱の上か。それとも橋から落ちたのか？」

毒が脳にも回ったせいか、意識が朦朧とする。こんな調子では、野盗の頭領と刺し違えることなど最初から無理だった。

自分を見下ろす少女は、悪魔から程遠かった。

悪魔というより、神の遣いである聖母のようにさえ感じた。

「最初はオニーさんもどこかで落としてやろうと思ってた。でもオニーさんは今まで会った人と違った……話せば話すほど、オニーさん、善人だって分かっちゃったから」

「……昨日も言ったろう。俺も、悪人だって」

先程見た、人が橋を透過するという異常現象は、夢ではなかった。

確かに悪魔と呼ばれるだけのことはある。

だが運び屋は、頭を預けているその悪魔へ一切の嫌悪感を抱けなかった。

「……さっきの話の続きだけど。俺にも昔、妹がいた」

告解室で懺悔でもするかのように、自然と言葉がこぼれた。

何となく、これを逃したら、もう彼女とは会えなくなる気がしたからだ。だから、聞いてほしかった。

悪魔としての彼女ではなく、妹のために立ち向かった姉に。

「でも、戦争もあった。同じ柱を想い、同じ聖書を片手に、同じ教えに従っていたはずなのに。やられたらやり返して。子供は、その応酬に翻弄《ほんろう》されるしかなかった」

「……妹さんはどうなったの？」

「亡くなった。体が弱いのに、満足に食料も無かったから。最後まで苦しんだ末に、俺に問いを遺して、そして死んだ」

「問い？」

問いを、死した妹の唇を準《なずら》えて発した。

『どうして神様は、心を人に与えたの？　花みたいに心がなければ、こんなに痛くて辛いこともなかったのに』

それが、死ぬほど辛い苦悶に耐え続けたのに、一切の希望も見出せないまま死んだ妹の言葉だった。

「俺は、答えられなかった。あの子が笑顔で逝けるような答えを、聖書から見出すことができなかった」

それが、運び屋が背負い続けてきた後悔だった。

あの時答えていれば、きっと妹はもう少し安らかな顔で逝けたはずなのに。

「……確かに、神が心を与えなければ、人は迷わなかった。神が橋を賜《たま》う必要も、柱となって見守りになる必要もなかった。戦争や飢餓で辛いと感じることも、悪人に苛《さいな》まれることもなかっただろう。それなら最初から、心なんて無い方がよかったんじゃないか。俺も、そう思えてしまったから……」

心配そうに顔を覗き込んでくる少女を安心させるように、精一杯の笑顔を見せる。

「あの日から始まった。いつか俺も死んだ時に、妹へ胸張って返せる答えを探す日々が。神が無意味に心を与えたとは思えない。だけど、聖書を諳《そら》んじるだけでは分からない。神の断罪を建前にして奪い合うような、自分のことしか考えない聖職者達に倣《なら》って停滞したところで、寧ろ問いから遠ざかる。周りに答えが無いなら、俺が外に出るしかなかった。動くしかなかった」

「だから、流浪の運び屋になったの？」

「それだけじゃない。妹は栄養不足で死んだ。少し離れた集落では、食料は供給過多だったのに。でも、こんな集落ごとの不均等は珍しくもなくて、あちこちで起きている。それを知った時、気が付けば荷台と一緒に故郷を出ていた。一人でも妹のような悲劇を減らすために。そして聖書を実践する中で『どうして神様は、心を人に与えたのか』という答えを見つけるために」

「その答えが、昨日私に語ってくれた、生きているということは即ち動くことって話なんだね」

頷いた。

妹の命日から今日まで、動いてきた。

ずっと、答えを探して、動いてきた。

最初は僅かな荷物さえ、満足に運べなかった。

見守る柱を意識して尚《なお》、心折れた日もあった。

だけど、柱の向こう側に逝ってしまった妹の事を想えば。

妹が遺した問いを、心が在る意味を、即ち使命を想えば。

次第に重くなる轍《わだち》の平行線を、一歩でも多く遺そうと、歯を食いしばれた。

運び屋として、生きることに彷徨う誰かに、何かを届けようと踏み出せた。

「……まだ妹に、胸張って答えられない。俺の使命はまだ始まったばかりだ。もっと救いたい。もっと、もっと……まいったな。立ち止まっている訳には、いかないのに……」

眠くなってきた。だが、今寝たら次のアルレビオへの到着が遅くなる。

また間に合わずに、妹のような犠牲者が出たら。

そう思うと、未だ自由にならぬ体中に無駄な力を供給していた。

「大丈夫」

と、額を撫でられながら、少女が仄《ほの》かに発光しているのを見た。

「オニーさんなら、いつかやり遂げられるよ。使命も、答え合わせも」

姉が妹を励ますような微笑みに、運び屋は脱力した。

何故か、安心した。

「……ありがとう。そういえば、君の名前をまだ聞いていなかった」

「私？　私の名前はね——」

＊

意識を取り戻すと、そこは門の前だった。荷台を引きずりながら中に入り、建物を観察していると、疑念は確信に変わっていく。

「アルレビオか、ここは」

それにしても、さっき少女と会話したあの記憶は、果たして現実だったのか。あるいは夢だったのか。

それを聞きたくて、荷台にいるであろう少女へ尋ねようとした時だった。

「な、なんですか、アナタ⁉」

敵意ある声が、運び屋を振り返らせた。まだ若い女性だった。青色のショートボブ。あの心を奪われそうな色の艶やかな髪に、見覚えがある。

「失礼。俺は運び屋で……うっ」

痺れ毒がまだ効いている。矢傷が疼《うず》く。治療を要する。

弱々しい姿に、女性もあっさりと警戒心を解いてしまった。

「大丈夫ですか⁉」

「……申し訳ない。それよりも、このアルレビオに帰りたいという娘を連れてきたところで、彼女の保護をお願いしたい」

はっとして、荷台へ振り返る。だが、少女が座していたはずの空間には、もう誰もいなかった。

代わりに置いてあったのは、小さな人形の〝御守り〟と、昨日手渡したはずのおにぎりと、そして一枚の紙だった。

「間違いなく、ここに居たはずなのに」

居たはずなのに、と反芻する。だが意識を失う前に、〝悪魔〟として少女が落としていく野盗達を見たばかりだ。

彼女は、普通ではない。今アルレビオに、自分がいることすらも普通ではない。故に、突如彼女が消えたことすらも、予定調和のように感じる。

「嘘でしょ……この御守り」

そんな思考が途切れたのは、隣で女性が堰《せき》を切ったように落涙していたからだ。

「……この御守りをどこで」

「先程まで、女の子が座っていた。このアルレビオに帰りたがっていた」

「私と同じ青い髪を、していましたか」

運び屋は無言で頷いた。すると、女性は泣きと笑いを行ったり来たりし始めた。啜る音を伴って、優しい面持ちで振り絞る。

「……そうか、帰って……きたんだ。おかえり……」

「あの、〝お姉さん〟は」

今更になって気付く。

なぜ、頑《かたく》なに食事をとろうとしなかったのか。

昨日渡したおにぎりも、何故結局食べなかったのか。

……食べられなかったからだ。

もうあの少女は、残せる足跡も無かったのだ。

「はい。あなたが連れてきてくれた姉は、十五年前に死んでいます」

＊

「十五年前、この辺りで天毒病が流行りました」

丁寧に手当てを受け、包帯で傷を包まれながら、〝妹〟である女性の話を聞く。

「薬は貴重で、二つ隣の村にまで行かないと無かったんです。幼かった私も天毒病に罹りました。でも薬は無くて……親代わりをしてくれた姉が、二つ先の村まで取りに行ってくれたんです。幸い、直後に天毒病の薬が届き、私は事無きを得ました。そして、姉が同行した一団が野盗に襲われたという情報も届きました。……生存者曰く、姉は殺されたとも」

吐き出した苦痛に比例して、潰れるくらいに握りしめる御守りに、涙が滴る。

「それから暫くして、〝悪魔〟の都市伝説が流れるようになりました。ただ人が消えた地点の近くで、姉に似た女の子が目撃されたとも聞いて……情報が錯綜する眉唾《まゆつば》物の都市伝説で、信じるに値しないことは頭では分かっていました。でも、心の中で『まさか』が、止まらなくなって。悪魔になってでも、生きてくれてたら嬉しいって」

女性は調査隊を結成してまで、真偽を確認しに行ったらしい。しかし野盗が邪魔で遠くまで調査できず、悪魔には会えなかった。

放置された遺体すら、確認することができなかった。

「悪魔なんていませんでしたよ」

自然と、運び屋の喉から出た。

「乗っていたのは、病気の妹を憂う優しいお姉さんです。一言多いのが余計ですが」

「生前も、そうでした」

懐かしむように女性が目を細める。

運び屋は少女が残した紙を開く。御守りの人形やおにぎりと一緒に、少女がいた場所に置いてあった紙には、こんな文字が書かれていた。

『アリガトウ、ガンバレ、オニーサン――〝キズナ〟ヨリ』

凄く、好きな響きの名前だった。

おにぎりは、手向《たむ》けとして橋の端から捨てた。

そうしたら、キズナが食べてくれるような気がしたからだ。

＊

キズナの妹が口添えしたおかげで、アルレビオで十分な休養を取ることができた。矢傷も痺れ毒も全快した以上、もう留まる理由はない。

「行くのですね」

「動くことが、俺にとっては生きることだから」

「一つ聞かせてください。姉は今、どこにいるのでしょうか」

女性の質問に、運び屋は霧に負けず壮大に映る柱を見上げた。

「柱の上は、天の国だ。橋の上で朽ちた人も、橋の下に落とされた人も、その魂の行きつく先は同じだ」

「……運び屋さん、柱へ、連れて行ってもらえないでしょうか。姉に、ずっと言いたかったことがあるんです」

御守りの人形を胸に抱きながら、「無茶なお願いをしているのは分かっています。でも」と強い意思表示を前面に押し出す。

「私は生きているって。だから心配しないでって。ちゃんと伝えたいんです。対価は十分に支払います。道中で私にできる以上の手伝いをします。足手纏いにはなりません」

「分かった」

二つ返事の後、山積みの荷物を手際よく整理し始める。一人分のスペースを確保し、敷いた白いクッションを叩いて少女へ乗車を促す。

姉も座った、クッションへと。

「あの、対価は……」

「旅は道連れ、世は情けって知ってるかな」

女性は一瞬きょとんとしていたが、嬉しそうな笑みを浮かべて用意していた大きなリュックを背負うと、荷台の後ろに回って押さんとしていた。

「とは言われても、勝手にお手伝いはさせていただきます」

「やれやれ、お姉さんに似て中々頑固だね」

女性は荷台を押すが、一人の力では駆動する気配が全くない。しかしこの無謀さが、家族に笑ってほしくて、薬を探しに外へ出たキズナの妹であることを裏付けている。

きっと柱になってまで神が見たかったのは、死に際になっても運び屋の妹が知りたかったのは、こんな霧なんて簡単に飛び越える、心滾《たぎ》る人間の後ろ姿だったのかもしれない。

「なら、俺はその心を運ぶとしよう」

運び屋が歩くは、今日も今日とて人々が生きていく橋の上。

人類と大地は喧嘩別れをしたまま。霧が喰らった天を無くして久しく。

拠り所となるは、共に必死に生きる声と、円環の中心で見守る巨大な神の影。

「さて、今日も回すとしますか」

今日も運び屋は車輪を回す。

腹を空かしたバカが因習胸糞トンチキ宗教集落にやってきて、すべてを暴力でバチクソに滅ぼした後グルメする話

しば犬部隊

しば犬部隊（しばいぬぶたい）

第７回オーバーラップWEB小説大賞で『現代ダンジョンライフの続きは異世界オープンワールドで！』で金賞、『凡人探索者のたのしい現代ダンジョンライフ』で銀賞を受賞しデビュー。

『凡人呪術師、ゴミギフト【術式作成】をスキルツリーで成長させて遊んでたら無自覚のまま世界最強～異世界で正体隠して悪役黒幕プレイ、全ての勢力の最強Ｓ級美人達に命を狙われてる？　…悪役っぽいな、ヨシ！』で第９回カクヨムWeb小説コンテスト異世界ファンタジー部門特別賞、ComicWalker漫画賞を受賞。2025年刊行予定。

2025年発売予定の『モンスターハンターワイルズ』では大剣とスラアクと双剣とガンランスとヘビィボウガンを使いたい。

「腹の虫がうるせえ……」

腹の虫が、鳴った。

腹が減った、腹ペコだ。

最後に食べ物を口にしたのは、もういつのことだったか。

「ねえ、君、どうしてあの街に向かうの？」

揺れる輸送トラックの荷台の上。

目を開く。

濃い霧に包まれた道、まだ目的地には着いていない。

「……俺に聞いてんのか？」

「そうだよ、君に聞いてるの。よかった、返事してくれて」

白を基調とした簡素な布の服を着た細身の女が、へへっと微笑む。

綺麗な顔立ち、琥珀《こはく》色のポニーテール、修道服のフードを外したそのスタイル。活発さと利発さ、両方を感じる少女だ。

「君さ、ホルモン教の人じゃないでしょ？　わかるよ、修道院で君のこと見たことないもん」

「ホルモン教……？　なんか、美味《うま》そうな名前だ」

「え？　知らないの？　君、何処から来た人？　出身は？」

「……寂《さび》れた田舎なんだ」

「おやぁ、訳ありな感じだね。ごめんね、詮索しちゃったかも。修道院を出たの初めてでさ、テンションが上がっちゃったのかも」

「……この荷台にいる人たち、皆同じ宗教なのか？」

「そうだよ、皆ボクと同じホルモン教の信徒。修道院からの付き合いなんだ」

荷台には少女と同じ服装をした者が敷き詰められるように座っている。

談笑している者、手を組んで祈っている者、朗らかに辺りを見回し、微笑んでいる者。

そして。

「あれ～！　イータちゃん、その人誰～？　修道院じゃ見たことない人だね～」

「きゃっ！　リシャ！　危ないじゃないか、荷台から落ちたら大変だよ」

「あはは～大丈夫だよ～手加減してますから～。で、このお兄さんは？　見たことない人だけど……」

「ああ、それは……ボクも知らない。今初めて話しかけたんだ」

「おや～じゃあ、謎の人物じゃ～ないかい～。こんにちは、お兄さん、私はリシャだよ～、初めまして～」

垂れ目の少女がポニテ細身の少女に抱きついたまま、此方《こちら》に手を振る。

「初めまして、リシャ。俺はキガヤマ。仲が良いんだな」

「あ。もう、リシャ。ボクが先に話しかけたのに、なんで自己紹介を先に始めちゃうのさ」

「あはは～人見知りのイータが知らない人とお話ししてるなんて、珍しいって思ってね～」

ガタン。

四輪のトラックのサスペンションが上下に揺れつつ、道をゆく。

「む、いいだろ、別に。珍しいから気になっただけさ」

「そ～だね～、でもなんで、このトラックに乗れてるの～」

垂れ目の小柄なシスターのふにゃっとした視線がキガヤマに向けられる。

「知り合いの紹介だ。悪いな、怖がらせたか？」

「いや〜別に〜。へえ、知り合いか〜、修道院の関係者なのかな〜」

「いや、このトラックを紹介してくれたのは、ただの〝運び屋〟だ。まあ、信心深い方ではありそうだったけど」

「へえ〜、運び屋さんか〜もしかしたら修道院に物資を届けてくれてる人なのかな〜。で、お兄さんはどこの誰なの〜」

「俺は……ただの旅行者だ。歴史オタクでな。街の図書館を見てみたいんだ」

嘘は言っていない。

歴史の綴られた本を読むのはキガヤマの趣味だ。

「へえ！　お兄さんも歴史が好きなのかい？　ボクもなんだ、奇遇だね！」

目を輝かせてポニテのシスターがこちらに詰め寄ってくる。

「す、好きな歴史学者や本はあるかな……？　ボ、ボクは塔の天辺、龍の話が好きなんだけど……！」

「おお、龍はいいよな、ロマンだし、美味そ……いや、違う、かっこいいし。俺は……集落の言い伝え系の話が好きだな。中でも〝断片ババア〟と呼ばれる怪談の類《たぐい》が好みだ」

「ああ、知ってる知ってる！　ふふ、子供の頃、修道院の先生に言い聞かせられて怖くて眠れなくなったなあ」

琥珀色の瞳を輝かせて微笑むポニテのシスター。

「あはは～お兄さんは～なんか変わってる人だね～。でも、ここで会ったのも何かの縁だし～、まあ街に着いたら、ここに遊びに来てよ～」

リシャ、垂れ目のシスターが羊皮紙を差し出してきた。

「これは……？」

「私たちの街の寄宿所だよ～。ホルモン教の信徒は皆、十六歳になったら修道院を出て街の寄宿所で暮らすんだ～。お部屋には招待できないけど～お客さんや友人を招いてもいい場所はあるから～観光のついでに寄ってってよ～」

「そ、そうだ、それはいいね！　キガヤマさん。ぜ、ぜひ遊びに来ておくれよ。お茶でも飲みながら歴史の話ができたらうれしいな」

「いいのか？　その……なんか女の園みたいな場所では？」

キガヤマは他のシスターたちからのちらちらした視線を感じる。

「大丈夫だよ～、皆キガヤマさんのことが気になるみたいだけど～問題はないよ～、ホルモン教の中には〝旅人には親切にせよ〟っていう教えもあるからね～」

「そ、そうさ、ホルモン教は旅人との友誼《ゆうぎ》を大事にしてるのさ。キガヤマさん、この出会いはきっと〝塔の御方〟の思《おぼ》し召《め》しに違いない」

間延びした雰囲気の割に聡明、会話の節々でこちらの素性を探ろうとした少女リシャ。

ボーイッシュ琥珀ポニテで歴史好きのイータ。

なんとなく二人のキャラを理解してきたキガヤマはその言葉にうなずく。

「……そうか、ありがとう、光栄だ。友人が少ないもんでな。じゃあ、俺も祈っておこうかな、君たちの宗教の……えっと〝塔の御方〟に」

キガヤマの言葉に二人の美しいシスターたちがにっこり微笑む。

トラックは行く。

荷台に敷き詰められた美しいシスターたち、そして只の歴史好きの旅行者を載せて。

「君たちの宗教が善きものである事を」

深い霧の向こう側、世界のどこからも見える大きなそれ。

〝塔〟。

「まあ、だいたい予想はつくが……」

忌々しそうにそれを見上げるキガヤマ。

「ああ、見えたよ、キガヤマさん、あれが街だ」

霧が少しずつ晴れていく。

石造りの大きな門、その向こうには同じく石造りの建物が。

「良い街だ。楽しみだよ、本当に」

ああ、腹の虫が鳴ってきた。

◇◇◇◇

「今季のシスターが届いたようです、教父様」

「ああ、そうですか。では母体……ではなかった、母親たちの用意を。ああ、いつも通り血縁関係は伏せて。それと、毎年出てくる〝賢い子〟は〝サラダ〟するように」

「はい、サラダ。……ああ、それとあと一つ。門番から報告が」

「聞きましょう」

「妙な男が荷台に紛れ込んでいたようです。修道院からの道で紹介状を持っていたので乗せたと」

「紹介状……ああ、運び屋に持たせていたものですかね？　旅行者ですか。いいでしょう、歓迎いたしましょう。何もなくこの街を観光するだけならよし。……もし、それ以外の目的であるならば――」

「はい、いつも通り〝サラダ〟になって頂きます」

「ええ、サラダ」

「はい、サラダ」

◇◇◇◇

「さて、まずは図書館からかな」

キガヤマは宿の客室でベッドに腰かけたまま呟く。

あのシスターたちと早くも交流ができたのはラッキーだった。

せっかくの〝観光〟だ。

なるべく楽しんでいきたいところだが――。

ぐううううううううううう。

「……腹が減ったな」

腹の虫が、また鳴る。

あのシスターたちには催さなかったソレが、この部屋に入った瞬間、強くなっていた。

「食べ歩き……いや、我慢だ、空腹はきっと最高のスパイスになる……」

少し落ち着くためにベッドに仰向けになる。

そして、気づいた。

白色の天井に、赤い汚れがついている。

「うわ……」

目を細める。

それは文字だ。

——サラダニサレル、ハヤクニゲロ
「……早速だな。はは、楽しみだ」

血で書かれた警告文を見上げて、キガヤマは嗤《わら》った。

◇◇◇◇

不思議な人だったな。あの人。

ボクは、ついさっき別れた彼のことを考えていた。

「遊びに来てくれるかな……」

ほんのわずかな時間だったけど、彼と歴史や古いおとぎ話の話ができたのは楽しかった。

「修道院にはいないタイプの人だったな……」

「おや～イータちゃん、もしかして～さっきの人のこと考えてる～？　不思議な人だったよね～」

寄宿所の食堂、対面に座るリシャが皿に盛られた野菜のサラダをつまんでいる。

「リシャもそう思った？　会いに来てくれるかな……」

「私の勘だけど～多分来ると思うよ～。あの人がさ～この街に来たの、多分図書館とか旅行とかが目的じゃない気がするんだよね～」

「なんでわかるのさ？」

「ん～、なんかね～こう。あの人からは嘘つきの香りがしたんだよね～。あ、歴史が好きだっていう話とかは多分ほんとだよ～」

「……てことは、あの人は悪人ってことかい？」

ボクは水の入ったコップを傾け、唇を湿らせる。

ここの飲食物は、修道院のものよりも全部味が薄いけど、お水はとてもおいしいや。

「ん～悪人かって言われるとさ～、そうでもないんだな～これが。全部の事は話していないって感じかな～」

「全部って――」

じゃああの人はなんで街に来たの？

昔から〝賢い子〟であった友人にボクが問いかける、その時だった。

「皆さん、こんにちは、初めまして。ようこそ、街へ」

食堂に、声が響いた。

よく通るはっきりした男の声だった。

「教父様だ……」

「はじめて見た……」

「修道院で聞いた、教父様だ」

黒い服装のその男は、男なのに、綺麗だった。

黒い髪に、真昼の空の雲のような白い肌。

他のシスターの子たちが全員、うっとりと男を見つめている。

「敬虔《けいけん》なるホルモン教の信徒たちよ、十六歳の誕生日、おめでとうございます。皆様は本日より、ホルモン教の正式な信徒として〝塔の御方〟に近いこの街で暮らすことが認められました。皆様をお迎えできて光栄です」

教父様がボクたちに微笑みかける。

「――あれは悪い嘘つきの顔だな」

ぼそりと呟くリシャの声に、ボクは一瞬、噴き出しそうになった。

この子はこの街に来ても全く変わらない。

「私はホルモン教の教父、メンダックスと申します。今日は皆さま新米のシスターさんたちに、この街での生き方を教えてくれる先生を紹介いたしますね」

「先生？」

食堂にいるシスターの一人が思わず声を上げ、それからあっと言う風に口元を押さえた。

教父様の言葉を遮っての発言、修道院の時みたいに折檻《せっかん》されるのかな。

「構いませんよ、シスター、怯える必要はありません。もう修道院の時のような厳しい修行の時は終わったのですから。あなた方はこの街で好きに生きてよいのです。ですが、何ぶん、街の暮らしは村とは勝手が違うことも多いでしょう。ですので、どうぞ、入ってください」

教父様の呼びかけに、食堂に人がたくさん現れる。

綺麗な女性たちだ。

ボクたちと似ているシスター服をみんな着ている。

「教育係の先生たちです、こちらの先生たちがこの街での生き方や作法を色々教えてくれます。ああ、シスターみなさんにはそれぞれ一人の先生が専属で付きますのでご安心を」

教父様がにこりと微笑む。

同時に、並んでいる綺麗な女の人たちもにっこりと。

「……」

ふと、そのうちの一人の女の人の視線に気づいた。

ボクをじっと見つめている。

眩しいものを見ているような顔？

なんだろう、何かしたかな。

でも、じっと見られてるのになぜか、あまり嫌な感じがしなかった。むしろ、どこか、懐かしくて。

「……あれ～？」

リシャも同じように別の女の人とじっと目を合わせて、首を傾げた。

「ではこの後はそれぞれの先生とこれからのお話をしてください。――ああ、そうだ、言い忘れていました」

教父様の言葉。

「こちらの先生方がこの街にいらっしゃるのは一週間の間だけです。一週間後、先生たちは〝巡礼の旅〟に出ることになります。それまでの間、先生たちから多くの事を学び、これからの生活に備えてくださいね。それでは、みなさん、良い時間を」

教父様が部屋を出た後、その先生たちがそれぞれのシスターのもとにやってくる。

「……こんにちは、はじめまして、リシャ」

「はじめまして～。私の名前を知ってるんですね～先生」

リシャの元にやってきた先生が彼女の隣に座って自己紹介を始めている。

……この先生、なんだか、リシャと似ているような――。

「はじめまして、イータ」

「あっ、はじめまして……」

リシャの方を眺めていると、ボクの所にその人はやってきた。

すらっとした長身の美人、琥珀色の髪はボクと同じ色だ。

「……大きくなったのね」

「え……？」

どういう意味だろう。

それを聞こうと思ったボクは、でも、なぜか、その人の優しい目から視線が離せなくて。

「あっ、ごめんね、今のは気にしないで。ようこそ、イータ、街へ。私は貴女の――先生、シスターカペルです、よろしくね」

「あ、はい、シスターカペル」

ボクの返事に満足したように、彼女がうなずく。

ボクは、さっきから変だ。

この人が目の前に現れた瞬間、ドキドキするような……。

「では早速、この街のルールを説明していきますね。お話が難しかったらいつでも言ってちょうだい」

「あ、はい」

シスターカペルの顔をじっと見つめて、ボクは彼女の声を夢中で聞き始める。

「イータと、そっくり～……」

もう、リシャの言葉も耳には入らなかった。

◇◇◇◇

「なるほどねえ、文字はなんとか読めそうだが……いかんせん数が多いな」

キガヤマはずらりと並ぶ本の棚の間を歩きながら呟く。

この街唯一の大きな図書館は想像以上の蔵書量を誇っていた。

何冊か気になる題名をざっと流し読む。

「ふむ……龍の話に、ババアの話……、塔から落ちて人間になったクリーチャーの話……殺しに殺して化け物になった男の話。なるほど、このあたりではおとぎ話になってんのか、運び屋の言ってた通りだなァ」

なかなか興味深い本が多いが、今、キガヤマに必要な本はこれらではない。

しばらく、ペラペラと本をめくり続けていると――。

「お？　面白いもんもあるな……」

あるおとぎ話集の一つにその記述を見つけた。

――曰く、塔からはみ出た負け犬の話。

伝説の渦巻くその塔での生存競争にそいつは負けたらしい。

おとぎ話に語られる龍や婆、毛むくじゃらの化け物、黒い獣。

それらに敗れ、逃げ出した大いなる者がいた。

それは生き汚く、賢い。

塔で生きられなかった代わりに、それは外の世界に目を付けた。

それはひどく腹を空かせていた。腹ペコのそれがごちそうを探して試行錯誤を繰り返すおとぎ話だ。

「……しょっぱい記述だな」

キガヤマは次にホルモン教について書かれた信徒向けの本を読み始める。

――曰く、偉大なる〝塔の御方〟による加護と祝福について書かれている。

塔の中に棲む強大な存在から街を守る守り神を称えるものだ。

そして、その守り神は人間からの祈りや愛と引き換えに人間を庇護してくれている。

故に人よ、隣人を愛しなさい。その愛は塔の御方に届くから。

故に人よ、家族を愛しなさい。その愛は塔の御方を満たすから。

故に母よ、子を愛しなさい。その愛を塔の御方は何よりも好むから。

故に子よ、母を愛しなさい。その声は塔の御方にとって心地よいものだから。

我らの信心と献身が塔の御方に届きますように。

母よ、子を産みなさい。そして愛しなさい、愛しなさい。


「へえ、普通に怪しいなァ、運び屋の塔信仰とは似ても似つかねえや」

図書館だけでは探しものは見つからなそうだ。

そう、〝探しもの〟。

キガヤマはこの街に観光だけしに来たのではない。


ぐうううううううううううううううううううう。

また、腹の虫が鳴いた。


「絶対この近くにいるはずなんだけどなあ……」

腹が減った。

その空腹感はこの街に来た時からどんどん強くなってきている。

ならばここにあるはずだ。

ならばここにいるはずだ。

探しものが、必ず。

「ホルモン教……どう考えてもこいつらが怪しい。……シスターに会いに行ってみるか？」

キガヤマがそう呟いた時だった。

ゴンッ。

後頭部に衝撃。

悲鳴すら上げる暇もなく、キガヤマは机に突っ伏し、ピクリとも動かない。

音もなく忍び寄ったのは、男たち。

ホルモン教の司祭たちだ。

「……手荒にしすぎましたかね」

「いえ、そうでもないでしょう。もう少し泳がせてもよかったのですが、街に来て初手で、図書館を調べ始められたらねえ。……出来損ないどもの巣でサラダしましょう」

「イエス、サラダ。わかりました、教父様」

「さて、あとはおだやかに一週間が過ごせれば良いのですが……」

◇◇◇◇

この街に来て一週間が経った。
友人のリシャがいなくなった。
ここに来て、数日で変な事を言い出した。
『ここは駄目』『一緒に街を出よう』『私たちは捨てられていない』とか。
でも、私がリシャにその真意を聞くより先に彼女はいなくなった。
なんでも、巡礼の旅に選ばれたらしい。でも仕方ないんだ、先生も言ってたもの。
それはとても栄誉な事だって。
先生も笑って旅立っていった。
だから、ボクが寂しがってはいけない。
それにボクには使命がある。
十六歳を越えたシスターの大事な使命。
ホルモン教の司祭に選ばれて健康な子供を産む。
それがこの街でのボクたちの役割で、幸せなんだって。
そう栄誉、栄誉なんだ。
……だから、気持ち悪いとか、そういうの思っちゃダメなんだ。

運動して、お野菜とお水とお乳を食べ飲みして。

綺麗な大人の女にならなくちゃ……。

「ボク……知らない男の人の赤ちゃんを産むために生まれてきたのかな……」

食堂で一人摂る食事はやけに味気なくて。

「なるほど、だいたいこの宗教の事、わかってきたなァ」

「え？」

声がした。顔を上げると、知ってる男の人がそこにいた。

「やあ、イータさん。悪い、顔を出すのが遅れた。いろいろあってな」

「キガヤマ、さん……？」

彼がそこにいた。

その時だった。

がちゃん!!

同じく食堂で食事中のメンダックス教父様が立ち上がる。

震える指、驚愕に満ちた顔、それはすべてキガヤマさんに向けられている。

「どうして……お前……」

「おお？　ははは、なんだよ、アンタ。まるでクリーチャーでも見たような顔をしてるぞ。気分が悪そうだ。家に帰った方がいいんじゃないか？」

「――……ああ、そうさせて、もらいましょう」

「おーう、お気をつけて。ああ、教父さん」

「……なんでしょうか？」

「教会の地下室はよく見ておいた方がいい。でっかい害獣が紛れ込んで酷い事になってるはずだ。アンタのとこの出来損ないの番犬は全部死んじまってるかもな」

「………………っ、失礼する」

教父様は今まで見たことのない表情で、食堂を去っていく。

他のシスターも騒《ざわ》めいていた。

「キ、キガヤマさん、い、今のどういう意味だい？」

「イータさん、今夜会えるか？」

「え」

僕の問いかけにキガヤマさんはまじめな顔をして。

え、こ、これ、もしかして、教本にあった逢瀬のお誘い……？

ど、どうしよう……彼の事は嫌いじゃないけど……えっと……。

「話がしたい。あの子、リシャさんもできれば呼んでくれ」

「……あ、二人きりじゃないんだ……。でも、その、リシャはその、街を出ていってしまったらしくて……」

「……そうか。残念だ。すまん、じゃあこうしよう。今からでいい、一緒に来てくれないか？」

「ど、どこに？」

「この街の下さ」

◇◇◇◇

ぴちょん。

うす暗い通路に水滴の滴る音が響く。

彼に案内された街のすみっこの廃墟、その地下室の先にこの場所はあった。

「こ、ここは……」

「この街の地下道だな。この一週間近く、ずっとこの辺の掃除をしててな、なかなか顔を出せなかったんだ。そのおかげで綺麗なもんだろ？」

「そ、掃除……？」

「ああ、害虫のな。歩きながらで構わない、イータさん、この街に来てからの話を聞かせてくれないか？」

イータは、かいつまんでこの一週間を語る。

シスターとしての教育、厳しい日々、そして、親友のリシャがいなくなった事。

キガヤマは黙って話を聞いた後、口を開く。

「イータさん、もしかして、こう、年上の女性と時間を共に過ごしたりしなかったか？　その女性はとても親身で優しくて、居心地がよくて、安心するみたいな」

「——なんでそれを？」

イータの表情。

キガヤマは舌打ちする。

「……シュミの悪い連中だ」

「キガヤマさん……？」

「イータさん、リシャさんがいなくなる前に何かキミに言ってなかったか？　その、一緒に街を出ようとか、ここにいたらダメとか、そんな感じの言葉」

「あ……い、言ったよ……？　リシャはその、先生たちと一緒に巡礼の旅に——」

「母親だ、その人たちは」

「ハハオヤ？」

イータの言葉はまるで、初めて聞いた音を口にするような。

「ああ、やっぱりか……。イータさん、質問だ、修道院には君の母親はいたか？」

「ボ、ボクたちは皆孤児だ、修道院では親のいない孤児を集めて——」

「いや、君は孤児じゃない。君は親に捨てられたりなんかしていない」

——私たちは捨てられていない。

「……リシャも同じ事、言ってた……」

イータが立ち止まる。

「先生とやらはきっと、君に優しかったはずだ。君にきっといろいろな事を教えてくれたはずだ。君をきっと愛してくれていたはずだ」

「……あ」

「それは別に宗教の決まりや、教義のためなんかじゃない。当たり前の事だったんだ。親が無償の愛を子供に注ぐ、当たり前の事だったんだよ」

「え……うそ、うそだよ、そんな、先生がお母さん……だった？　え、でも、だったらどうして……」

「君を守るためさ。君に自分が親だと告げない代わりにホルモン教は〝その時〟まで君を守る。この世界で君を守るための冴えたやり方を、キミのお母さんは選んだわけだ」

「ど、どういう事かな、なんで、ボクを守るために……先生は何を……」

「自分の味を高めたんだ。〝塔の御方〟の好みの味は、子への愛に溢れた人間の雌だから」

「へ…………?」

「イータ、君は生まれた時から肉を食べた事があるか?」

「な、ないよ。ホルモン教のシスター皆、菜食を教えで……」

キガヤマが、彼女の身体を見つめる。

シスター服でもわかる豊満な胸元、それに比例しない細い腕、きっとロングスカートに隠されている足も同じくらいに細いのだろう。

穀物と、野菜と、せいぜい乳製品くらいだろうか、口にしてもいいとされるものは。

キガヤマは言葉を続ける。

「当ててやろう、ホルモン教の教えにはきっとこうもある。十六歳までの自慰、姦通を禁ずる。香水、化粧を禁ずる。修道院は男子禁制。あとはそうだな、定期的な運動や、水の頻繁な摂取とかか?」

「な、んで……ホルモン教の事を調べたの?」

「いや、全部質のいい家畜を育てる方法だ」

「か、ちく……?」

「ああ、そう、家畜だ。……ずいぶん舐めた真似をしてくれたもんだ」

「ま、まって、待ってよ、キガヤマさん。今のあなたの言葉、まるでボクたちが、ホルモン教のシスターたちがまるで――」

「ああ、君たちは家畜だよ」

「——そんな、訳……」

「母親を先生と偽って区切りを決めて共に過ごさせるのも、母体側の肉の味を上げるためだ。母性愛をスパイスか何かと勘違いしているみたいだな。巡礼の旅の正体は、要は出荷だ」

「出荷……？　じゃ、じゃあ、リシャは……」

「……勘の良い子だったんだろう。残念だ」

立ち尽くすイータ。

キガヤマは、ふうっとため息をついて。

「君、怒らないんだな」

「えっ」

「なるほど、今の君の反応で、俺は俺の予想を確信へと近づけたぞ。家畜呼ばわりされても君はさっきから一切俺に怒りを向ける素振りすら見せない、なぜだ？」

「え、え……」

イータは母親を探す子供のように視線を泳がせる、ただそれだけしかできない。

「ふむ、仕込む種に仕組みがあるのか？　品種改良みたいなもんか。んで、たまに現れる用心深い個体や警戒心の高いものは、交配させずに潰していくわけだ。外道すぎて噛えてくるな」

その言葉に、イータの瞳が大きく揺れた。

「リ、リシャは、食べられちゃったの……？」

キガヤマは、答えない。

沈黙は積もる、音もなく。

「……君はどうしたい？」

「え……」

たいまつの揺れる音と共に、キガヤマが彼女に問う。

「正直、俺の方の準備はできている。だからいつ終わらせてもいいんだが、その前に君の意見が聞きたい」

「ど、どういう事だい？」

ぐうううううううううううううう。

腹が減った。

腹の虫が鳴っている。

キガヤマの目はイータしか見ていない。

「気になるんだ、食われる側の気持ちが。なあ、君はムカつかないのか？」

「む、むかつくって？」

「母を、友を、ここまでコケにされて、このままでいいのかって聞いているんだ」

その言葉に、イータはこれまで見せたことのない表情で固まった。

疑問がイータの動きを止める。

同時に自分が今まで感じたことのない熱を感じていた。

「し、信じられない……」

「……」

「ボクや、リシャ、ほかのシスターのみんなが家畜だなんて信じられないよ……だって、おかしいじゃないか！　ボ、ボクたちが家畜って言うなら！　だ、誰だい⁉　誰かがボクたちを食べようとしてるって事じゃないか！」

「……そうだな」

「そ、そんな人、この街にはいないよ！　皆、良い人で――」

「ほんとにそうか？　イータ、歴史やおとぎ話が好きなんだろ？　俺もだよ」

「えっ」

「よく考えろ。自分の頭を使って考えろ。お前たちを支配してんのはどんな奴だと思う？　お前たちを最も効率よく洗脳して、家畜にするためにはどんなものを使えばいいと思う？　歴史やおとぎ話で考えてみろ！」

これはきっと、分岐点だ。

彼女たち、〝シスター〟という存在が何代にもわたり、繰り返してきた血の犠牲。
それが、運命に逆らうために、イータにそれを与えた。
歴史や、おとぎ話の本を読むのが好きだった。
修道院では誰もそれに興味を持ってくれなかった。
それはきっとこの時のため。

「――ホルモン教」

イータは簡単に答えに辿り着いた。
ホルモン教は間引くべきシスターを間違えていたのだ。
歴史やおとぎ話の〝お約束〟をイータは知っている。
そう、いつも悪者は、上っ面はとても綺麗で――。

ばちゅ!!

「えっ」
ぴぴっ。

イータの頬に、温《ぬる》い水が飛び散る。

「がは」

四散したのは、キガヤマの腹部。

向こう側の景色が見えそうな大穴が空いている。

致命傷だ。イータにもそれがわかった。

「ああ、ここにいたのですね、シスターイータ。いけませんよ、夜中にまだ子供を産んでいないシスターが教団の男以外と外出とは。シスターカペルが見たら悲しみます」

キガヤマのぽっかり空いた腹の傷の向こう側から、聞きなれた大人の声。

ばたり、キガヤマが倒れる。

即死だったのだろう。

「きょ、教父様……？」

「はい、教父です。教団を脅かすクリーチャーは死にました。さあ、帰りましょう、イータ」

教父がイータに手を差し出す。

彼の周りにいる教団の男たちも皆笑顔のままだ。

「ク、クリーチャー……この人が……？」

柔和な笑みを浮かべて、イータに近づく教父が口を開く。

笑っていない目が、もの言わぬ観光客の死骸を見つめた。

「はい、実はシスターリシャの死にも彼が関わっていましてね。いやぁ間一髪でした。お怪我はありませんでしたか？」

彼が、イータに微笑んで――。

「――!!　近づかないで!!」

「……うん？」

イータの声が地下道に響いた。

「ああ、怯えているのですね。わかります、悪虫といえどヒトの形に似ていますからね、パニックになるのも無理はありません。でも、もう何も恐れる事はありませんよ」

「違う……この人が恐いんじゃない、あなただよ。ボクにそれ以上近づくな」

「どうしてですか？　シスター、私は貴女の味方ですが？」

「――なんで、リシャが死んだ事になってるの？」

「……なんでって、彼女は先日姿を消した……あっ、しまった……」

間抜けが見つかった。

イータが教父を睨みつける。

「そうだよ、リシャは巡礼の旅に出たんだ。なんで！　なんでそれを死んだって言えるんだ！　答えてよ！　教父！」

「……あー、もうめんどくさいですね」

「あっ」

ずるり。

皮が剝けるようにソレが姿を現した。

イカ、だ。

人間の頭が割れて、そこから△のイカ頭が現れた。

イータは本でその生き物について読んだ事があった。

空想上の場所、〝海〟と呼ばれる世界の住人。

この円環の橋と塔の世界のどこかにあると言われる世界の――。

「なに、それ……」

「ああ、まったく家畜風情に若干正体を見破られた感はありますが……まあ、一匹くらいいいでしょう。ふむ。今回の入荷分は異常個体が多かったですね。修道院での教育を見直す必要があるかも」

イカ男の言葉に、イータは固まる。

たった今、腹が破裂して死んだ男の言う通りだった。

自分たちは、この生き物の――。

「ボクたちは、お前たちの家畜、なのか」

「そうですよ、厳選した個体に食肉としての教育。サラダしか食べない生き物の肉は臭みが少ないのです」

「……先生は、巡礼の旅に出たあの人は――」

「ああ、あれ。あなたの母親個体です。我が子との時間を堪能し、母性本能を引き上げた個体の肉の味が、〝塔の御方〟は大好物なのですよ」

「――リシャは」

「〝賢い子〟でしたね。おそらく修道院時代から自分たちの在り方に疑問を感じていたのでしょう。ああ、ご安心を、きちんと残さず、〝サラダしました《食べました》〟。食肉としても優秀で。母親個体として運用できなかったのが残念です」

「――」

言葉が枯れ落ちる。

イータはこれまでに感じた事のない強い感情にめまいがした。

――怒らないんだな。

その言葉を思い出す。

それを言われた瞬間には、なんの事かわからなかった。

だが、今のイータにはわかる。

自分の頭で考える事を選んだ彼女には。

「うるさい！　やめろ！　お前なんかがボクの友人を、母を語るな‼」

これが、怒り。

ああ、遅すぎた。

数多《あまた》の歴史を、物語を動かしてきたこの感情に気付くのが。

「あー……感情が出てきましたねー、うーん、残念です。……まあ、たまには活きが良いのもいいでしょう」

「あ……」

どろり。

教父のゆったりしたローブから触手が現れる。

イータの本能が震える。

「皆さん、連続ではありますが、若年個体の踊り食いの時間です。〝塔の御方〟に捧げる時のような調理は必要ありません。ここは粋に、ぞりぞり削りながら、新鮮な叫びを楽しみましょうか」

「いいですねえ！　この前の子は我慢強くて、最初なかなか叫び声を聞けませんでしたから」

「あ〜、テンタ神父さんが右足を引っこ抜いて目の前でぼりぼりいってからでしたっけ、本格的に泣き始めたのは。あれは惜しかったな〜、どう考えてもビールでしたね」

「若いシスター個体、それはそれで、元気に泣き喚いてくれるからエキサイティングですよね～」

ぬるり。

ぬるぬる。

教父の周りにいた教団の男たちも次々と正体を現す。

数多のイカ頭の化け物たち。

「あ、ああ……」

彼らが口にするおぞましい内容、友人の最期があまりにも鮮明に想像できる。

痛かっただろう、苦しかっただろう、怖かっただろう。

なのに、自分はそれに全く寄り添えず。

独りで死なせてしまった。

「この世で最も美味しいものを知っていますか？　母性を高めた母たちのあの顔。いずれ子も同じく食われると知った時の顔。でもそれは〝塔の御方〟のみ口にできる特別なもの。ですから、私はやはり、これですね」

教父たち、化け物が触手を垂らし、歩いてくる。

友人を、母を喰らった化け物たち。

こんな生き物に自分の人生は支配されていたのだ。

——気になるんだ、食われる側の気持ちが。なあ、君は——。

死んだ男の声が、なぜかイータの耳から離れなかった。

沸騰するような激情の中、家畜だった彼女はその問いかけに今。


——ムカつかないのか?

「ムカつくよ!! ムカつくに決まってるじゃないか!!」


生まれて初めて出たほどの声量に、彼女自身が一番驚いた。

でも、そんなイータの人生最大の声も、化け物を喜ばせるだけ。

「すばらしい、きっと良い味になる。私がこの世で最も美味しいと思っているものはね、無力さを知り絶望していく人間の肉です」

「あ、ああああああああ」

ぬるり。

友を、母を喰らった化け物の触手が迫る。

イータは叫び声を上げながら目を瞑《つむ》って。
痛み、痛み、痛みがきっとくる。
だが死んでも、悲鳴なんかあげない。
こいつらをとにかく喜ばせたくない。
悲壮な覚悟で唇を引き結ぶ彼女。
その様子を見て嗜虐《しぎゃく》の色を粘液まみれの顔に浮かべる化け物。
この世界で何度も繰り返されてきたルールが、ここにも適用されて。
「くっ」
イータは覚悟して目を開く。
そこには。
ぶちゅ。
「「えっ？」」
イータと教父の言葉は同じだった。
同じものを見て、同じ言葉を漏らした。
青い血。
ちぎれた触手。
そして。

「この世で最も美味いものを知ってるか？」

男の死体が、キガヤマの死体がない。

代わりに、呑気な声と、ぐちゃ、ぐちゃ、何かを咀嚼する音が聞こえた。

「異論は認めるけどよぉ～、やっぱ一番うまいのはあれだなァ、てめえが捕食者側だと調子に乗ってる化け物の肉だよなァ～。しかも海鮮かよ、好物だぜぇ」

「…………は？　そ、それ、え？　わ、私の腕……」

「おお、教父殿。アンタの腕。これは……醤油だな。オイ、クソ虫、ちょ、醤油取って」

『ギチ、チチチ』

音がした。男の腹から、音がした。

「腹の虫が鳴って仕方なかったぜ。お前らが出てきた時からよ～、一気にこいつがうるさくなってきちまってよ～。おい、クソ虫、だから醤油、早く」

『ぎち』

「……はい？」

もう完全に化け物の意識はイータにはなかった。

いや、イータすら、その男、死んだはずの男に視線を注いで。

「キガヤマ、さん……それ、なに？」

「ん？　ああ、これか。〝腹の虫〟。お、醬油あるじゃん、サンキュー」

ソレは男の腹から、飛び出ていた。

目のない蛇のような長い体。

いつのまにか口にくわえていた瓶を男に渡す。

「よっと。こんくらいか？　どれどれ、いただきます。……うん、いいね、刺身にはやっぱ甘めの醬油だな」

『ぎちちちち』

「ああ、悪い悪い。久しぶりの食いでのある食い物だったからよ～。ほい、クソ虫、あとはもう喰っていいぞ」

『ぎっち♪』

ぱくっ。

男が放り投げた長い触手。かじっていたそれを腹の虫が一気に丸呑みにする。

満足するように体を揺らす虫が、嬉しそうな鳴き声を上げた。

「あ、私の腕……え？」

「探し物がようやく見つかったぜ。あ～よかった、化け物がシスターさんたちの方じゃなくてよ～」

男、キガヤマが心底ほっとした顔で呟く。

ゆっくり、イータの前に立ちはだかるように移動して。

「キガヤマさん、あなたは……」

「イータさん、聞いたぜ、安心した。いや～あれはムカつくよなァ～。見た？　あいつらのあの余裕な態度。捕食者気取って余裕こいて殺しにくる化け物ほど腹立つ奴らはいねえよな～」

「え、あ、はい……。キガヤマさん、おなか、大丈夫なの……？」

「え？　あははは、君、やっぱ面白いな。……なあ、イータさん、ムカついたか？　あいつらに」

「え……うん」

「ああ、じゃあ、君はきちんと人間だ。食肉でも家畜でもホルモン教のシスターでもない。人間だよ、イータさん」

「あ……」

イータが目を細める。

暗い地下道の中なのに、光を目にした時のように。

まばゆいものを見るように。

「あ、ああああああああああああ⁉　腕、え、腕えええええ、わ、私の腕、どこに？　あ。え。食われた……？　なんでえええええええ⁉」

「ははははははははははははははははは‼　軟体生物ども！　痛覚だけじゃなく感覚もトロいのかよ！　〝いただきました〟！　うまかったぜ！　お前の腕ぇ！　でもさァ！　まだ足りねえんだぁ‼」

『ぎちちちちちちちちちちち‼』

男が笑う。

虫が嗤う。

化け物が、慄《おのの》く。

「腹が減った、腹ペコだァ！　腹の虫が鳴って仕方ねえ！　グルメな俺様ァ、お口に合うのはただ一つ‼」

「「「ひっ」」」

この場で誰が喰う者で、誰が喰われる者なのか。

すでに格付けは終わっていた。

「喰わせろ、化け物ォ」

「ひ、ふ、ふざけるなあああああああああああああああああああああああああああ!!」

捕食者の威《い》に、被食者がおびえ、抵抗を。

イカ頭たちの触手、人間の皮を裂き、肉を破き、骨を砕く捕食器官がキガヤマとイータに一斉に伸びて。

「キ、キガヤマさ――」

イータは視た。

迫る致死の化け物の触手。人間にとっては恐怖でしかないそれに向けて。

「今度はイカ焼きが良いなァ」

『ぎちち!!』

よだれを、食欲を向けているバカたちの顔を、見た。

「クソ虫ィ!!　アレ使うぞォ!!」

『ぎち!!』

ずぼん。

口しかない白い蛇のような虫が口を開き、それを吐き出す。

長い筒に管のようなもの、それは円錐形の箱につながっていた。

イータはそれを知らない。

伝説やおとぎ話の時代。

ヒトが、塔のてっぺんよりも先、あの分厚い霧と雲の真上。

〝空〟を知っていた時代の遺物――。


「〝ゴマ油火炎放射器〟ＦＩＲＥ！！！」

かちっ。

小気味いい音と共に、キガヤマが向けた筒。

オレンジの光と熱が、地下道に昼をもたらした。


「「「「「「えっ、あ、――ぎゃあああ!!　あつうううううううううううううううううううううううううううううううう、ああああああああああああああああああああああああああああああ!?――」」」」」」

それはもう、戦いでも狩りでもなかった。

じゅわあああああああああああ。

香り、引き立つ。迫る触手はオレンジの炎になめとられ、こんがりと。

悲鳴すら焼き尽くす炎は一瞬で化け物たちを〝調理〟した。

「うーし、良い感じ、焦げて……はねえな。うん。よし！　あ〜ゴマ油の良い香りすんなァ」

『ぎちち』

「ああ、わかってる、バター醤油だろ？　これは」

がつ、がつ、がつ。

茫然とするイータを後目《しりめ》にそれは始まった。

食事だ。

「うま‼　人間の肉食ってる割に臭みがまるでねえ！　バター醤油のまろやかさがさっぱりした身にしみこんでいく！　噛めば噛むほど美味い‼」

『ぎちちち‼』

ナニカが化け物を喰っている。

友達を、母を喰らった化け物がそれ以上の化け物に喰われている。

イータは自分の中の何かががらがらと音を立てて崩れていくのを感じた。

そして。

ぐうううううううううううううう。

彼女の腹の虫が鳴った。

バター醤油と海鮮の香りに、生き物は決して逆らえない。

「あ、イータさんの分も焼いてあるぜ！　バターと醤油もほら、自分の好みで使いな。あ……待てよ、おい、クソ虫、もしかして、これ、七味唐辛子マヨもいけるのでは……？」

『ぎちちち!!!!』

ふら、ふら。

イータは誘蛾灯に引き寄せられる羽虫のように、その食卓へ加わる。

食肉として生まれ、育てられた彼女の原始の記憶がよみがえる。

「……これ、リシャやお母さんを食べた化け物ですよね？」

「あ？　あ～まあ、うん……いや、でも大丈夫だよ」

どうして？

そんな風に首をこてんと傾げる彼女に、キガヤマが少し考えて。

「ほら、よく火を通してるからセーフだろ？」

「――あは、ははは、はははははははははははは!!　ええ、確かに！」

がぶり。

もう、この場にまともな存在はいない。

真顔で化け物を喰らう男と虫と女だけ。

ナイフで化け物の肉を削ぎ、奇妙な液体やソースをかけて一心にほおばる。

「美味しい……よお……あんなに怖くてムカつく奴らなのにい、美味しいよお……」

イータが涙を流しながらそれを喰らう。

弔《とむら》いでも、怒りでもなく、ただ己の欠落を、空腹《寂しさ》を埋めるために喰らう。

それを見て、満足そうにキガヤマが、七味の瓶を差し出して。

「ほら、これも使ってみな」

「おいしいいいいいいいいいいいいいいいいいいい!!」

イータの泣き声と共に食卓は進む。

化け物たちはきっと間違えた。

その生き物を家畜にするべきではなかった。

その生き物を支配できるなどと思うべきではなかった。

「さて、ここまで美味いと別の調理方法とあるものが必要になってきた」

「あるもの……？」

『ぎち？』

「米と麵だ。いかめしと海賊パスタが食いたい。あとビールだ、酒が欲しい。ぜったい合わせたらうまいぞ」

「ごくり」

『ぎちり』

女と虫が唾を飲み込む。

どちらもその料理の存在を知らなかったが、キガヤマの言葉に唾を抑える事ができない。

ああ、その生き物の名前は人間。

どんな世界でも、いずれ、〝頂点捕食者〟となる生き物。

「よし、街に行くか。ホルモン教の連中はまだたくさんいるだろ。それに酒も持ってるはずだ」

男が立ち上がる。虫が男の腹から生えたままゆらゆら踊っている。

イータも、また立ち上がる。

口元を拭う。綺麗な白い修道服にバター醬油がシミを作って。

「ねえ、キガヤマさん」

「あ？　どうした？」

「――君、どうしてあの街に向かうの？」

くすっと微笑んだイータの笑い顔。

キガヤマが一瞬、目をぱちくりと瞬きさせ。

「――飯食いに来た。腹ァ減ってんだ、ずっと」

にいいっとキガヤマが笑う。

「そ。じゃあ、ボクも。今まで我慢してきた分、たくさん食べたいな」

「ああ、いいねえ、じゃあ、一緒に行くか？」

「食べ歩きって奴？　あは、先生――ううん、お母さんにはダメって言われてたけど、いいよ、キガヤマさんと一緒なら」

男と女が似たような嗤いを浮かべて、地下を出る。

彼らの背後には化け物の片付けられた透明な骨だけが残る。

その生き物はグルメで、その生き物はどうしようもなく残酷で、健啖《けんたん》であった。

この日、この世界に頂点捕食者が二匹に増えた。

そして同時に、一つの宗教と、神が一夜にして消えた。

彼らは、その生き物は、きっといつかすべてを食い尽くすだろう。

腹の虫が泣き止むまで。

◇◇◇◇

街のすべての化け物と、塔から降りてきた〝塔の御方〟を喰い尽くした男は満腹感に微睡《まどろ》む。

隣で寝息をたて、酒精で満足して寝ているシスターの口もとを布で拭う。

化け物の、神の残骸をベッドに寝るのはきっと心地よいだろう。

男が、ふと上を見る。

世界のどこからでも目が届く、塔を見上げて。

「さて、次は何喰いに行くかなァ」

腹の虫が、鳴った。

断片ババア

星月子猫

星月子猫（ほしつき・こねこ）

1990年大阪生まれ。

本業であるゲームクリエイターとして働きながら、Web小説サイトに投稿していた『最強人種 滅びへのカウントダウン』（星雲社）で商業作家デビュー。

その後『LV999の村人』(KADOKAWA)を刊行し、みんなが選ぶ!!電子コミック大賞2019、ピッコマAWARD2020のTERRA賞を受賞。

現在はインディーズゲームを個人で制作しつつ、漫画『俺だけスーパーヒーロー』(SORAJIMA)の原作/脚本を担当。

1

この世には、世界中の誰もが目にしたことのある柱が存在する。

それもそのはず。

世界のどこにいたとしても、その柱は遠目に薄っすらと見えるからだ。

見えるからには行ってみたい。そう思うのは人の性《さが》なのだろう。

「ようやく……ここまできた」

まだ日も昇らぬ早朝、齢《よわい》三十にも満たない青年はそこを訪れた。

雲を突き抜けるほどに高い柱。その周囲に浮かぶ霧に包まれた円環の橋。

これまでの苦労に思いを馳せながら、青年は先の見えない橋の袂に立つ。

使い古しのターバンをほどき、古びたマントをたなびかせ、破けては縫ってきた、色褪《あ》せた麻袋をその場に落とすと、眼前に広がる柱をまじまじと眺めた。

「いつからここにあるんだ？」

青年は柱を前にして息を呑んだ。

好奇心に支配され、ようやく辿り着いた柱が、想像と違う姿形をしていたからだ。

とある地方の広大な山岳地帯。その中心部にぽっかりと空いた大穴、その中央に柱は建っていた。

柱は高く、どれほどの階層で構成されているのかはわからない。

おおよそ二十層くらいまでだろうか。眼で見た範囲で下層と思われる範囲の高さにのみ、円環の橋から、柱の内部へと繋がる橋が、規則性なくまばらに架けられている。

特に異質だったのは、円環の橋を包む霧だった。

不思議なことに、円環の橋を外側に一歩出た先は霧が立ち込めていない。

まるで、見えない壁に遮られているかのようだった。

円環の橋の下の大穴を覗くと、霧が紅色に染まっており、底が見えない。

まるで邪悪な力が大穴の底から噴き出て、柱へと続く円環の橋が蓋をしているかのようだった。

「どの噂も……当てにならなかったな」

柱の伝説は地域によって異なった。

青年の住んでいた緑豊かな東の国では『どんな生物も存在しない果ての見えない柱』

雪原広がる北の国では『柱は幻影で、地下に果てなく広がるダンジョン』

荒野を抜けた先にある水源が豊富な西の国では『霧に包まれた果てすら見えない地』

砂漠を越えた活火山に囲まれた南の国では『複数の部族に囲まれた観光地』
青年が観た光景は、そのどれにも今のところ当てはまらなかった。
「生き物はいるし……柱の上部は霧に包まれてすらいない」
見上げると、羽のない肉の翼を持った怪物が、柱の二十層辺りを飛び回っていた。
不気味ではあったが、青年は上を警戒しながらも、橋へと足を進める。
「さて、真っすぐに行って辿り着くかどうか」
青年は思わず苦笑する。
これまで、何度も柱に騙されてきた。
どこにいたとしても、遠くに見える伝説の柱。
だが、見えている柱に向かって移動しても、柱には辿り着けない。
柱は近付けば、近付いた分だけ遠ざかったり、近付いたりするからだ。
見る場所によって、見えている柱の位置が変わる。まるで存在自体が幻のように。
辿り着けないからこその、伝説だった。
「……こいつはもういらないな」
青年は、何度も書きこむことでボロボロになった世界地図を崖下に捨てる。
木の葉のように不規則な軌道を見せながら、地図は紅色の霧へと沈んでいった。
『見えている場所に柱がないのであれば、見えない場所に柱はあるはず』

存在の記録はある。どこかに存在しているのならば、必ず見つけられるはず。

当時、成人したばかりの青年の冒険は、そこから始まった。

あらゆる場所で、柱の位置に印をつけては、柱が見えたことのない場所に赴く。

人生を丸々消費して、辿り着けるか否かの挑戦に、九年ちょっとで辿り着けたのは幸運だった。

「この橋、崩れたりしないよな」

いつから存在しているのかわからない円環の橋を青年は渡る。

石材で作られた橋は、言いようのない異質な力によって支えられているように感じた。

「……もう少しだ。もう少しで手が届く」

少年の頃から胸に秘めていた疑問。柱の頂《いただき》に何があるのか。

何故こうも、地域によって伝説が異なるのか。

知りたい。そして柱の真実を世に知らしめ、柱の秘密を暴いた者として歴史に名を残したい。

たったそれだけの理由でここまで来た。

その答えが、すぐ目の前にある。

そんな意気込みを、考えていた時のことだった。

「ふぇっふぇっふぇ、柱に挑戦するのかい？」

霧の中を進んで間もなく、どこからともなく枯れた声が聞こえてきた。

「……誰だ？」

青年は、懐の武器に手をかけながら、霧の奥へゆっくりと進む。

「警戒しなくても襲ったりしないよ……同じ人間さね」

それを聞いて、青年は懐の武器から手を離した。

仮に襲う気があるならば、この霧を利用して、声の発生源をずらしながら近付いてくる。

この声の主にはそれがなかった。

長旅で多くの危機を乗り越えてきた青年には、それだけで充分だった。

「あんたは？」

下手に刺激しないよう、青年はゆっくりと声の発生源に近寄る。

次第に、霧の先にぼんやりと姿が見え始めた。

そこにいたのは、砂漠のように枯れ果てた、皺《しわ》だらけの老婆。

フード付きの赤いローブに身を包んだ、青年の腰半分にも満たない背を丸めた小柄な老婆。

フードから見える長い白髪の隙間からは、白濁し、剝き出た眼球が青年を捉えている。

不気味以外の言葉が思いつかないその姿に、自然と青年は唾を飲みこんだ。

「名乗るほどの者じゃないさ。ただこの柱にいるだけのババアさね」

「伝説とまで称された柱にただいるだけというのも、かなり気になるが」

訝《いぶか》し気な視線を送る青年を前に、老婆はカラカラと笑う。

「見ているのさ、この柱の行く末をね」

老婆は、霧の中からでも薄っすらと見える柱を見上げながらぼやいた。

「いつからここに？」

「ついさっき、ほんの数分前さ。あたしゃ運がいいよ」

「数分前？」

不可解な言葉に、青年は眉間に皺を寄せる。

少なくとも青年は、この柱に辿り着いてから一時間は橋の袂で休息を取っていた。その間、誰かが自分を追い越して先に行った記憶はない。

「……運がいいと言ったな、何故だ？」

「あんたに会えたからさ」

青年は自然と身震いを覚えた。背筋が凍るような感覚と言った方がよいのだろう。老婆が、粘膜の剝がれるような醜い笑みを浮かべていたからではない。

言葉では言い表せない、嫌な気配が老婆から放たれた気がしたからだ。

「柱に挑戦するつもりなら、三層までで一度引き返しておいで」

「何故だ？」

「あんたのそんなちっぽけな装備じゃ、柱の頂なんか夢のまた夢さね」

「柱の中を知っているかのような口ぶりだな」

「ほとんど知らないさ。でもね、柱の中に入っていく者は幾度となく見てきた」

老婆の見透かしたような視線に、青年は息を呑む。

「見てきたあたしが言うんだ。あんたの装備じゃ三層以降は戻れないよ」

指摘を受け、青年は少し考えこむ。

移動に特化するため、軽量な革の防具しか身につけていないのは事実だった。

今も柱の周りを飛んでいる怪物が襲ってきたなら、ひとたまりもないだろう。

とはいえ、認めるのは実力を疑われているようでどこか悔しい。

食料であれば、柱を少し離れた森でいくらでも調達できる。

しかし、戦うための装備はそう簡単にはいかない。

柱の位置を把握しているとはいえ、近くの人里まで戻るには一月はかかるだろう。

だが、柱を目の前にして、青年はお預けを食いたくはなかった。

「……補給できる場所に心当たりは？」

「さてねぇ……昔はこの柱にまで運送屋が来ていたが、今は知らないねえ」

「運送……屋？」

耳を疑った。幻とも呼ばれた柱、それもこんな人の気配のない場所に運送屋など来るはずがない。

また、老婆の語る情報が少しあやふやなのが気になった。

ここに来るのは久しぶりなのだろうか？　ここに来るまではどこにいたのだろうか？

疑問が尽きない。

触れれば折れてしまいそうなその身体で、どうやってここまで来たのだろうか。

「近くに人里があるのか？」

「今はどうか知らんが、柱には知性ある生物が集まるものさ。あんたもそうだろう？」

老婆の言葉を信じるなら、探す価値はありそうだった。

なら一度、柱の内部を探索した後で、必要になりそうな物資をピックアップしても遅くはない。

「忠告どうも」

『三層までは大丈夫』青年は老婆の言葉を信じ、踵《きびす》を返して柱を目指す。

「ああ、待ちな」

だが切り替えた気持ちを遮るように、老婆は慌てて青年を呼び止めた。

「間違っても、下層に降りちゃいけないよ」

そんな結末は面白くない。

そう訴えかけるような笑みを老婆はこぼす。

「消えたくないだろう？」

青年は振り返ることなく、老婆の吐いた不気味な言葉を背に柱へと向かう。

「下層……か」

橋は、柱の最下層に繋がっているわけではない。

下層であることに間違いはないだろうが、それでも更にその下がある。

どこまで下があるのかは、紅色の霧に包まれてわからない。

「消える……ね」

妙な言葉を最後に残した老婆の顔が、青年の脳裏から離れない。

老婆に言われなくとも、紅色の霧に身体を浸してまで下に降りようとは、青年も思わなかった。

2

青年が柱の中に初めて入ってから、一月が経過した。

伝説の柱の中は、これまで培ってきた常識が一切通用しなかった。

というのも、階層が変われば内部の構造がガラッと変わるからだ。

見たことも聞いたこともない技術で作られた階層もあれば、慣れ親しんだ故郷でも採用されている技術が使われた階層もある。各階層の大きさも、外観からは想像できないほど広い階層もあれば、逆に極端に狭く、すぐに攻略できる階層もあり、もうわけがわからなかった。

不思議。この言葉がこれほど当てはまる場所もない。青年はそう感じていた。

階層毎《ごと》に建築者が違うとしか思えない。そう思わせる未知が柱には詰まっていた。

無論、外にいた時からわかっていたことだが、柱の内部には怪物も生息している。

知っている怪物もいれば、見たことも聞いたこともない怪物も現れる。

情報のない怪物と対峙する時は、いつだって命がけだ。

故《ゆえ》に常に気を張り巡らせ、緊張で汗水を垂らしながら、青年は少しずつ丁寧に柱を進んだ。

柱の中を攻略するのは主に昼間だった。

というのも、柱の中は所々にある出窓から、日の光が差し込む場所が多くあるからだ。

夜は視界が悪く、リスクが大きい。

そのため、日が暮れる前に柱から出るか、安全と判断した場所に身を隠し、朝を待つ。

青年にとっての幸運は、初日に老婆に出会ったことだろう。

忠告通り、三層までは問題なかった。

だが、四層は違った。

獰猛《どうもう》な肉食の怪物たちが徘徊する、密林の中にいるかのような危険な階層だった。

柱の中のはずなのに雷雨が降り注ぎ、生い茂った木々のせいで視界も悪い。

柱の外から見た四層の広さも当てにならない。

最悪、密林を彷徨《さまよ》うことになるかもしれないと考えた青年は、すぐに引き返した。

身を隠しつつも、獰猛な怪物の奇襲に耐えられる装備が必要だと判断したからだ。

仮に、老婆に出会っていなければ、青年は死んでいただろう。

どうせ装備を整えられる場所はなく、熟練の冒険者である自分に驕《おご》り、素直に引き返さず、意地になって突き進んでいたからだ。

『……なんだ？　こいつら』

老婆の忠告を素直に聞き入れた青年は、柱を出ると人里を探した。

老婆の言っていた運送屋こそ見つけられなかったが、青年はとある集落を見つける。

人里ではなく、集落だ。

というのも、そこにいた連中が、人ではなかったからだ。

一言で表すなら、二足歩行のウサギが暮らす村。

つぶらで大きな瞳に長い耳、全身に生えた柔らかな毛は、ウサギそのものだった。

だが人間の二倍ほど大きく、二足で歩き回る様は、とてもウサギとは言い難かった。

青年は、どうコミュニケーションを取ればいいものかと迷った。

オークやゴブリン、エルフやワーウルフなど、亜人種と呼ばれる者たちの集落には訪れたことはあるが、ここまで何を考えているのかわからない種族は初めてだったからだ。

まず、言葉を発しない。

集落は小規模で、そこまで大きくはないが、それぞれ役割を持って生活を営んでいる。

まるで人里の生活を真似たかのように木造の家が並び、鹿や猪などの家畜を飼う小屋まである。

鍬《くわ》のような道具を肩にかけ、畑を耕す姿は、人間とまるで変わらない。

なのに、言葉を発しない。

どうやって意思の疎通を図っているのかも不明である。

そんな謎のウサギたちを、青年はウサピョン族と名付けた。

移動する時、ピョンピョンとスキップするかのように移動するからだ。

その動きもまた、不気味だったのは言うまでもない。

『言葉……理解できるか？』

集落に辿り着いた青年は、恐る恐るウサピョン族の一体に話しかけた。

するとどうだろう。一体に話しかけたはずなのに、集落にいた全てのウサピョン族が青年に顔を向けたのだ。耳がいいのか？　など色々思考が巡ったが、とにかく冷や汗が止まらなかったのは青年の記憶に新しい。

鍬を持ってスキップをしていた者も立ち止まり、青年をただジッと見ている。

『宿となる場所を貸して……くれないか？』

理解しているかもわからないまま、恐る恐る青年は問いかける。

するとウサピョン族の一体は急に動き始め、誘導するように青年を一つの小屋に案内した。

小屋の中は藁《わら》が積まれており、過去に何かの家畜を飼っていたのがわかった。

『水が欲しいのだが……もらえたりするか？』

何故かはわからないが言葉が通じていると判断すると、青年はさらに要求を重ねた。

すると、ウサピョン族は無言のままに皮袋に入った水を運んできたのだ。

言葉を理解していることを改めて確認すると、青年は水を一気に飲み干す。

『ありがとう』

礼を言い、身体を休めようと腰を落とす。

しかし礼を返したウサピョン族は、青年を見つめたままその場から動こうとはしなかった。

『な……なんだ？』

暫《しばら》くして、一体、また一体と小屋の中にウサピョン族が入ってくる。

小屋の中から、小屋の窓から覗くように、ウサピョン族は青年を無言で見つめてくる。見つめていると引きずり込まれそうなほどに黒い瞳をこちらに向けながら。

このままだと殺されるのではないか？　そう思った瞬間、見つめていたウサピョン族は黒い瞳を徐々に赤く染め上げげた。同時に、口角が徐々に上がり、大きな前歯が見え始める。

『ま、待て！　こちらに敵意はない、ほら！』

狂気を感じる笑みを浮かべ始めたウサピョン族を前にして、敵意がないことを示すためにとっさに麻袋から短剣を取り出したその行為が、結果的に青年を救うことになった。

ウサピョン族は短剣を受け取ると表情と瞳を元に戻し、暫くそれをジッと見つめた後、短剣を持ったまま小屋から出ていったからだ。

集まっていた他のウサピョン族もちりぢりに元の仕事場へと戻っていく。

『ど……どういうことだ？』

最初は理解できない行動だったが、単純な話だった。

ウサピョン族は物々交換で取り引きする。

つまりは小屋と水を与えた見返りを求めていただけだったのだ。

その見返りを払えない場合、どんな結末が待っているかは想像に難《かた》くない。

兎《と》にも角《かく》にも、青年はそこを拠点として、柱への挑戦を続けていた。

寝床を貸してくれているウサピョン族への贈り物は道中の山岳地帯で調達し、必要な物資はこれまた自分で調達するか、ウサピョン族と物々交換で手に入れる。

物々交換は食料が主流だ。

特に柱付近の森の中に群生している、橙色の根菜が喜ばれる。

どうやらウサピョン族の大好物らしく、青年は柱から戻る際には必ず調達していた。

そして、肝心のウサピョン族が取り扱う物資。

なんとウサピョン族はそのような見た目で、鉱石を掘り当て、加工する技術を持っていた。

他にも動物や怪物から剥ぎ取った革をなめして使うなど、高度な技術を持つ。

まるで、かつては人間だったかのように。

一度あとをつけ、ウサピョン族がどこで鉱石を手に入れているのかを調べたが、鉱石は森の地中のどこかに埋まっているため、ウサピョン族でなければ見つけられない様子だった。

とはいえ、おかげでより強度の高い防具を青年は整えることに成功する。

そして今日こそはと、青年は柱に向かった。

青年が柱に挑戦するのは、今日で五回目になる。

そして初日以降、霧の中にいた老婆とは出会っていない。

実は柱が見せた幻だったのではないか、青年がそう思い始めた矢先――

「おや……まだ生きていたかい。嬉しいねぇ」

幻ではなく、現実だったことを老婆本人から伝えられた。

柱に向かう際に通る橋、霧で先の見えない以前と同じ場所にそれはいた。

霧で姿はぼんやりとしているが、枯れた声と背格好は紛れもなく見知った老婆だ。

幻でないなら伝えたいことがある、そう思いながら青年は老婆に近付く。

「あんたに礼を言いたかったんだ。おかげで命拾い……」

青年は途中で言葉と歩を止めた。

そこにいたのは初日に出会った老婆で間違いなかった。

剝き出した目、砂漠のように枯れた肌、赤いフードからはみ出す白く長い乾いた髪。

そんな老婆が、人の顔ほどはある醜い怪物を食していたのだ。

黒い体毛が口からはみ出し、どす黒い血が老婆の口角から滴っている。

その怪物には見覚えがあった。柱のどの階層にもあちらこちらで蠢《うごめ》いているからだ。

「欲しいかい？　あんたはやめときな、知った時に辛いからねぇ……ふぇっふぇっふぇ」

「知った時？　…………美味いのか？」

「さてねぇ……でもあたしの大好物だよ」

黒く蠢く怪物は、襲ってくることはない。

害はないため放置していたが、まさか食用になるとは青年も予想外のことだった。

せめて調理くらいすればいいのにと、生のままで豪快に貪《むさぼ》る老婆を黙って見つめる。

「それで？　何層まで行ったんだい？」

「十層までだ。十一層から先はどうも掘り進めないといけないらしい」

青年が前回引き返して新たに手にしたのは、掘削用のピッケルとハンマーだった。

背にかけた二つの道具を老婆に見せると、老婆はニタリと気味の悪い笑みを浮かべる。

「その道具……どこで手に入れたんだい？」

「ウサピョン族に作ってもらった。彼らの中には鍛冶師《かじし》もいるからな」

「ウサピョン族、聞いたことがないねぇ」

ウサピョン族の話をすると、何故か老婆は目を輝かせ、詳細な情報を求めてきた。

青年は初日の恩を返すためと、ウサピョン族の特徴を話して聞かせる。

老婆は終始、ウサピョン族についての話を嬉しそうに、相槌を打ちながら聞いていた。

「なるほどねぇ……それでウサピョン族かい、安直な名付け方だ」

「……変だったか？」

今更ながら、もう少し考えて名付ければ良かったかと、青年は照れ臭そうに鼻頭を掻く。

「いいや、それくらい安直な方が覚えやすいってものさ……ウサピョン族か、面白いねえ」

「あんたも知らない種族なのか？」

「あたしは知らないねぇ。となれば……最近現れたクリーチャーだ」

「クリーチャー？」

「ああ……ウサピョン族はクリーチャーさ。この柱で産まれた怪物は皆クリーチャーと呼ぶのさ」

不可解な言葉に青年は眉間に皺を寄せる。

「稀《まれ》にいるのさ、成り損ないのクリーチャーがねぇ……まるで人間のように振舞ってしまう」

「待て、混乱しそうだ。成り損ない？　柱で産まれたというのはどういう意味だ？」

「そのままの意味さ、あの柱は怪物を産む。他所《よそ》から住み着いたのもいるがね」

柱の中は未知で溢れている。それは柱の造りのみならず、怪物もそうだった。

見たことがないのもそうだが、青年が一番気になっていたのは数だ。

何度も柱を出入りしているが、その時、邪魔になる怪物は駆除している。

それなのに、柱に入りなおす時には怪物の死体は消え去り、一定数戻っているのだ。

「いくら倒しても無駄ということか？」

「そんなことはないさ。でも、数を減らしたいなら死体は燃やすんだね」

「何故だ？」

「死体は新たなクリーチャーの素材になるのさ……冒険者なら考えればわかるだろう？」

そう言われて、やってしまったと言わんばかりに青年は額に手を当てた。

最初から知っていれば、もっと楽に柱を攻略できたのにと、まぬけな自分に嫌気が差す。

「クリーチャーと普通の怪物に違いはあるのか？　正直、見分けがつかないが」

「クリーチャーと怪物の見分け方は簡単さ……まず、クリーチャーは人語を理解する」

それを聞いて、ウサピョン族が青年の脳裏に過《よぎ》る。

確かにウサピョン族は、人語を理解していた。

「人語で呼びかければ、クリーチャーは会話に応じてくれるということか？」

「それはないね、クリーチャーは人間が大好物だからねぇ。食欲に負けて必ず襲ってくる」

まるで自分が食べたことがあるかのような恍惚《こうこつ》たる表情で、老婆は笑みを浮かべる。

その刹那、青年は悪寒を感じた。

同時に、ウサピョン族と過ごした日々がフラッシュバックの如く脳裏に浮かぶ。

ウサピョン族の無表情のままに見つめてくる、あの眼差しが強調されながら。

「……冗談だろう？」

「冗談じゃないさ。クリーチャーは皆、人間が大好物だよ」

「ではなんだ？　ウサピョン族は俺を食料として見ながら迎え入れているということか？」

「だから成り損ないなのさ。成り損ないは人間のように振舞う……クリーチャーなのにねぇ」

それはさながら、そう振舞うことでクリーチャーであることに抵抗しているようにも聞こえた。

「クリーチャーは、声をかけると言葉を理解して一瞬静止する。それが見分け方だよ」

喉の奥に骨が刺さったかのような、妙な引っ掛かりを青年は感じた。

何故言葉を理解しているのか？　当然のように浮かんだ疑問だが、青年は聞かず、心の奥底に言葉をしまい込んだ。聞けば、後悔しそうだったから。

「これからも滞在するなら気を付けな。どれだけ人間のように振舞おうが、クリーチャーはどうあがいてもクリーチャーだ。何がきっかけで食われてしまうかわからないからねぇ……ひひ」

青年は何も言い返せなかった。

老婆の言うきっかけとやらに、赤い瞳に、覚えがあったからだ。

「……忠告どうも」

青年は一礼すると、過った不安を払うように柱へと向かう。

不穏の募るその背中を、老婆はただただ醜悪な笑みを浮かべながら見つめていた。

3

青年が柱を昇り始めてから、二月ほどの時間が経過した。

あれから青年は順調に階層を攻略し、いよいよ二十層に辿り着こうとしている。

「おやまあ！　まだ生きていたのかい？　たまげたねぇ」

嬉々とした老婆の声が大橋の霧の中で響き渡る。

再び柱に向かおうとしていた青年は、霧の中を重い足取りで歩いていた。

老婆の声に釣られ、青年は霧の中からゆったりと老婆の前に姿を現す。

「やつれたねぇ……。この前の話が随分と堪《こた》えたようじゃないか？」

図星だった。

結局、ウサピョン族に頼る以外になく、青年は未だウサピョン族の集落に身を置いていた。

しかし、老婆の話を聞いて以降、ウサピョン族の見え方が大きく変わっていた。

もしかしたら、気が変わって襲われるかもしれない。

目が覚めた時にまたあの時の赤い瞳がこちらを見据えていたら。

そんな、もしもの場合の恐怖心が沸き立つ状況。

物々交換を満たさなかった時に上がる口角も、取引に応じない悪い奴なら食べてもいいという喜びで、それがウサピョン族の本性だったとしたら？　そんなことをつい考えてしまう。

そうやって周囲を常に警戒しながら過ごす日々は、青年の精神力を徐々に削った。

「どの階層まで行ったんだい？」

「……十九層。これから二十層に挑戦するところだ」

「二十層かい、丁度、あの飛んでいるクリーチャーたちの住処《すみか》だねぇ」

空を見上げながら老婆は言う。

「あれもクリーチャーなのか？」

「あれもクリーチャーさ。眼が悪いからこちらに気付いていないだけでね」

追って青年も空を見上げると、霧の先に薄っすらと、十数体ほど飛んでいるのが見えた。

それはこの柱に着いたばかりの時に見た、羽のない肉の翼を持つクリーチャー。

クリーチャーたちは、二十層と思われる場所を出入りしては気持ちよさそうに飛んでいる。

「伝説の柱………か」

その光景を見ながら、青年は小さくボソッと呟いた。

「百聞は一見にしかず、やはりこの目で確かめるだけの価値はあった」

頬がこけるまでに、いつ襲われるかわからない恐怖の日々を過ごしながらも、青年が柱を昇ることをやめない理由がそこにあった。

未知の探求、知りたいと思う知識への渇望だけが、青年の冒険心を揺さぶり起こす。

柱の全てを知り、故郷に、世界の人々にその秘密を持ち帰りたかった。

そして刻みたかった。自身の名を偉大なる冒険家の一人として。

そうすることで、青年の冒険はようやく幕を閉じるのだと思っていた。

「やはり伝説なんて当てにならないな。この目で見たこの光景こそが……真実か」

「ほぉ……どんな伝説だい？」

「……現実とはかけ離れた伝説さ」

老婆は気になるのか、世界が残した柱の伝説を、一つずつ青年から聞き出した。

『どんな生物も存在しない果ての見えない柱』

『柱は幻影で、地下に果てなく広がるダンジョン』

『霧に包まれた果てすら見えない地』

『複数の部族に囲まれた観光地』

そのどれもが、柱の現状に当てはまらなかった。

青年はウサピョン族以外の部族など見たこともないし、当然、観光地にもなっていない。

所詮、伝説は伝説。人が言葉で教え伝えるうちに、ねじ曲がった内容が伝わってしまうのだ。

青年はそう考えていた。

「ふぇっふぇっふぇ……その伝説は合ってるよ」

だが、その考えを老婆は嘲笑《あざわら》うかのように否定した。

当然、青年も「何を言っている」と嘲笑《ちょうしょう》まじりに言い返し、老婆の冗談だと決めつけた。

「この柱に誰もいなかった時もあった、そもそも柱がない時すらもあった」

「……何を言って」

老婆の射抜く視線は、冗談を言っているようには聞こえなかった。

青年は息を呑んで次の言葉を待つ。

「霧だって……昔は円環の橋だけじゃなくて柱全体にかかっていたねぇ」

「馬鹿を言うな、そんなコロコロと柱の姿が変わるわけがないだろう」

青年は焦ったように言う。

「変わるんだよ……この柱はね。だからこそあんたの話す伝説は、伝説なのさ」

「馬鹿な。柱が変化するなど、誰が信じるというのだ」

しかし青年は途中で、ハッと気付いたような顔を見せた。

それが真実ならば、どうしてこうも地域によって伝説が異なるのかの説明になったからだ。

「あたしが最初に運送屋の話をしたのを覚えているかい？」

問いかけに、静かに青年は頷く。

「あれも、柱を観光地として扱っていた部族の一つがやってていたことさ」

「なんということだ」と、青年は困惑した。

この話を持ち帰ったとして、誰が信じるというのか。

仮に、柱の現状を持ち帰ったところで、いずれ、偽りの伝説となってしまう。

持ち帰った伝説が世間に広まる頃には、真実が偽りとなっている可能性すらあるのだ。

そうなれば、いずれ偽りを持ち込んだ人物として歴史に刻まれてしまう。

「いや、だって……そんな、嘘だろ？」

伝説を持ち帰るという一つの大きな目標を崩された気がして、青年は眩暈《めまい》がした。

「柱は変化する、柱だけじゃなくその周りもね……ウサピョン族もその一つさ」

「……待て」

「最近じゃ、この円環の橋の下を利用して住処にしようとしている連中もいるみたいだねぇ」

「……だったら」

「……ああ、そういえばこの間も珍しいのが来ていたねぇ、あれは……龍かねぇ？」

「あんたは何故、それを知っている？」

「…………………………………」

時が凍り付いたような錯覚を、青年は覚えた。

問いかけた瞬間、老婆はピタリと話を止めて微笑んだ。

酷く醜く、嬉しそうに微笑んだ。

一言も放たず、ただ、青年の理解に苦しみもがく様を見るのが至高かのように。

「……行くのかい？」

答えを話そうとしない老婆に痺《しび》れを切らし、青年は再び柱へ向かう。

老婆の呼びかけに一度歩を止めるが、振り返りもせずに柱へ向かった。

伝説を持ち帰る目標が崩れた今、青年は目に焼き付けることだけが目的となった。

柱の頂に辿り着く、誰も果たしたことがないであろう偉業を果たしに。

「やめときな、あんたじゃ無理だよ」

引き返し、いつか偽りとなる伝説だろうが、生きて持ち帰ればいい。

そんな親切心で、老婆は声をかける。

「あんたは充分知ったさ、今生きているだけでも奇跡さね。ほら、ここで知ったことを持ち帰って言い伝えるといい。そうすればあんたは一躍ヒーローだよ……この時代ではね」

親切心で伝えた老婆の言葉を耳にしても、青年の歩は止まらない。

自信はあった。青年は既に、肉の翼を持つクリーチャーと対峙していたからだ。

二十層に入る直前、クリーチャーの一体を誘《おび》き寄せ、素早く翼を斬り落として止めを刺した。

これならいけると確信するが、運悪く剣が刃こぼれしてしまい、撤退を余儀なくされて今に至る。

運が悪かったのか、はたまた奇跡的な運の良さだったのか、それはこれからわかることだった。

「……俺ならできる。俺ならいける」

せめて、幼い頃に夢見た自分の疑問だけは晴らしたい。

それができるほどの実力者だと青年は自負していた。

だからこそと歩を止めず、青年は一歩ずつ、橋の白い霧の中を進んでいく。

忠告をしておきながら、柱に向かう青年を、嬉しそうに見守る老婆を背に。

4

「行っちゃったねぇ…………………ふぇっふぇっふぇっふぇ」

嬉しさのあまり、老婆は思わず拍手をしてしまう。

恐怖心で精神をすり減らされ、尚も挑もうとする青年の勇気が――

「くっっっっっっっっっっだらないねぇ……くだらなすぎて笑いが止まらんよ」

あまりにも滑稽すぎて、老婆は拍手を止められずにいた。

老婆はわかっていた。青年にこの柱を昇り詰めることはできないと。

青年と言葉を交わすうちに理解した。あの青年の浅はかさと、頭の足りなさを。

この柱で、戦いにおける実力は二の次で良かった。

重要なのは、思考力、精神力、そして発見力。

青年は何もかもが足りていなかった。

青年は先程、これまで持っていなかった大きな剣を背負っていた。

恐らくはウサピョン族に作らせたであろう大きな剣。

それを見るに、青年は肉の翼を持つ怪物と、戦うつもりでいる様子だった。

「愚かだねぇ」

嬉々とした様子で老婆はぼやく。

仮に、十九層以下で戦うのであれば、走り抜けるなり戦うなりと、突破方法があっただろう。

しかし、二十層は肉の翼を持つクリーチャーの粘液で、層全体の足場が悪い。

走るのはおろか、足がもつれて剣を振りぬくこともまともにできないくらいだ。

二十層を賢く生き残りたいのであれば、青年は、そこに住まうクリーチャーの目が不自由なことに着目し、戦わずにやり過ごすべきだった。

「十九層まで生きていたのが奇跡さね……。そこで帰ればいいものを」

青年に資格がないことに、老婆は二回目の出会いで気付いていた。

青年はピッケルとハンマーを持っていた。

十一層は色とりどりの岩石が、まるでそこだけ埋め立てられたかのように詰まった階層だ。

素手で掘り起こす剛腕を持つ者か、知恵のある者だけが本来通れる階層。

同じ色の岩石を、両手両足に密着させることで、岩石は砕けて消滅するのだ。

「それを……ピッケルと……ハ、ハンマーって…………あっひゃっひゃっひゃ！」

本当に柱にまで辿り着いた冒険者だったのかと、疑いたくなるほどのマヌケさだった。

ウサピョン族がいたから道具を揃えられたが、いなければどうなっていたのかと疑問に思う。

他にもあった。

少し考えれば気付けるようなことも、一々確認を取らなければ気付けず、信じられない。

冒険者としては三流。

青年を評価できる部分があるとすれば、それは運の良さ以外に何もなかった。

「しかしまあ…………あんなにやつれて」

ウサピョン族の話をした時もそうだった。

害がないのであれば、気にしなければいいのだ。

害があった時にだけ対処すればいい、それくらいの器量も胆力もない人間というのはすぐにわかった。

挙句の果てに、襲われることを恐れて精神をすり減らす始末。

どれだけ強さの自負があろうと、いざという時は心配で仕方がない証拠だった。

「しかしウサピョン族……それだけはいい話を聞けたよ。あれだけの成り損ないの数だ……どこかの人里がやらかしたのかねぇ、ふぇっふぇっふぇ！　杜は本当に不思議で満ち溢れているよ」

この二月の間、老婆は柱と、柱の周辺を探っていた。

以前柱の周りに存在した集落もちらほら残っており、たまたま青年がウサピョン族としか出くわさなかっただけと知って、ガッカリしたのは記憶に新しい。

柱も昔と大きく変化はしておらず、紅色の霧が、以前よりも上がってきているのみ。

「今回の成果は、青年とウサピョン族くらいだねぇ……」

小さな成果に、幼子のような拗《す》ねた溜息を吐き出す。

老婆がこの柱に目をつけたのは、遥か昔、伝説すらもなかった古《いにしえ》の時代からだった。

古の時代から既に、柱は不思議で溢れていた。

居場所を惑わす幻影の柱。数年に一度、居場所を指し示す幻影の法則は変わり、以前の地図通りには辿り着けなくなる。仮に青年が生きて帰ったとしても、次に訪れた者は、青年の情報だけでは辿り着けない。

一からやり直しになるのだ。

まるで魔法のようだった。だからこそ、老婆はこの柱の虜《とりこ》になった。

気付けば新たな生命が産まれ、新たな秩序が作られ、柱は変化していく。

最初は幻影だった柱も、いつしか実体を持つようになっていた。

その実体を、誰が作ったのかまでは老婆も知らない。

それを見届けるには、老婆に残された命はあまりにも足りな過ぎたからだ。

確実なのは、時間が、柱を築いているということだけ。

故に老婆は割り切る。断片だけでも、と。

全ては知れないだろう。だが、それでもこの柱の行く末は見届けたい。

そんな老婆が選択した道は、修羅の道だった。

「………帰れば良かったものを」

嬉しそうに老婆は歩み始める。

そして、橋と柱を繋ぐ切れ目、下層に広がる紅色の霧を視界に入れて立ち止まった。

「運で繋いだ命を、最後の選択で失うことになったねぇ」

老婆は暫く、橋の下に広がる紅色の霧を見つめ続けた。

故郷を遠くから眺めるような、懐かしんだ表情で。

「どうせ死ぬなら、あたしが食べてあげないとねぇ……！」

想像して老婆は悦に浸り、涎《よだれ》を垂らした。

そのまま老婆は後ろを振り向くと、倒れ込むように橋の下へと身を投げ出す。

「覚えているかい？　あたしは言ったよ？　襲ったりしない、同じ人間さね……と」

風を切りながら、老婆は猛速度《スピード》で柱の下層へと落下していく。

次第に、老婆の全身は紅色の霧に包まれ、老婆もまた、紅色の霧を体内に吸い込んだ。

「人間じゃないなら……襲っても変じゃないさねぇ⁉」

破裂するような音が、老婆の体中から鳴り響く。

ぶちぶちと肉を引き裂く音が絶えず鳴り響き、老婆の小柄な身体がどんどん肥大化していく。

「ああ……次に人間に戻った時、柱はどんな姿になっているんだろうねぇ」

泡が噴き出るように老婆の身体は脈動し、徐々に身体を異形の姿へと変化させた。

白を紅色に染め上げるかのように。

「楽しみだねぇ……実に楽しみだ」

気付けば醜悪な笑みは人の形を成さず、獰猛に生え伸びた巨大な牙がギラつく、笑みかどうかもわからない、悪魔のような恐ろしいものへと変化していた。

「ふぇーっふぇっふぇっふぇっふぇっふぇっふぇ！」

老婆の不気味な笑い声が、柱の付近一帯に木霊《こだま》する。

暫くして、一匹のクリーチャーが下層の紅色の霧を突き抜けて、空高く舞い上がった。

それは二十層に住まう、羽のない肉の翼を持つクリーチャー。

だが姿形は似れども、大きさと生え揃う牙の鋭さは他とは比較にならない。

クリーチャーは耳をつく甲高い叫び声を放ち、老婆を想像できないほどに豪快な飛行を見せる。

まるで、たった今産まれたばかりのような生命力に満ち溢れた動きで空を斬る。

そして、かつて老婆だったそれは、柱の周辺をひとしきり飛んだ後、二十層にある自分の住処へと戻っていった。

5

世界中のどこからでも見られる伝説の柱。

伝説の柱は、地域によって異なる伝説を残している。

そんな伝説たちの一つに、とある老婆についての記録が残っている。

数十年に一度、同じ姿で突如として現れる、砂漠のように枯れ果てた不気味な老婆の記録。

その身を異形の怪物とすることで生き永らえ、柱の行く末を断片的に見守る老婆の存在。

『断片ババア』と呼ばれた伝説。

それについての記録は、世界中を探しても三つほどしかない。

だが、三つとも記録された時代、場所は違えども、書かれている内容は一致した。
断片ババアは今日も柱の変化を待ち望んでいる。
いつしか人へと戻り、新たな柱の姿をその目に焼き付けるがために。
とある青年が残した大きな骨を、いつまでもしゃぶりながら。

獣の花園　ルルディ・ナ・ベイスティア

涼海風羽

涼海風羽（りょうみ・ふう）

1996年、福岡県福岡市生まれ。博多っ子と薩摩隼人のハーフ。

日本各地を旅する舞台俳優業と並行してミュージカルのダンス振付やシナリオ制作など幅広く創作活動を続ける。

『雷音の機械兵〔アトルギア〕』がWEB小説サイト内のSFジャンルで1位となり2022年幻冬舎よりデビュー。

民族音楽を愛好し、イニシエ×ファンタジーの分野での物語創作が得意。好きな数字は83025。にこキチ、人は皆そう呼ぶ。

1

やけに冷えた朝だった。岩肌の湿った苔のにおいが今朝の宿り先には満ちていた。昨日倒した頭数は二〇。いずれも標的ではない。焦りと疲労ばかりが蓄積していく。

「行くか」

おのれを奮い立たせるように独言を吐く。石畳に長草を敷いた粗末な寝床がくれたのは浅い眠りのみであったが、この期におよんで狩りができぬと言える状況ではない。

その青年――ザクサは、薄汚れた革の羽織を整えながら膝を立てると、鞘から短刀を引き抜いて刃の機嫌を確かめた。無数の攻防をかいくぐってきた一振りだが、その身に毀《こぼ》れた様子はない。石壁の窓から微光が差し、刃文に青年の顔が映り込む。凛々《りり》しい形の黒曜の眼。鼻梁《びりょう》が高く、顎《あご》のあたりに涼やかな気配がある。白皙《はくせき》の美青年と呼べるだろう。金糸のような後ろ髪を一つに束ね、耳には黒い飾りが揺れている。

ザクサは目つきを曇らせた。

（色が濃くなっている……）

左の眼窩《がんか》から、黒い筋が三方向に伸びている。地蟲《むし》が這ったようないびつなそれは〈シメオンの呪い〉を受けた者の証《しるし》だった。これに呪われた者は、やがて死ぬ。

急がねば。短刀を鞘に戻しかけた時、大きな影が頭上をよぎった。視線を向けたそこにいたのは、黒い姿の異形である。濡れた魚鱗《ぎょりん》が身を覆い、頭の左右に異様に尖った角がある。四足で壁にはりついて、黄ばんだ両眼がじろりと見下ろす。

「黒獣《クリーチャー》」、ザクサはそう呼んでいた。牙を剝き出すその形相……間違いない、こちらを獲物と認識している。奴らは常に飢餓《うえ》ているのだ。知性もなく他者を喰う醜悪な蛮獣、それが〈黒獣《クリーチャー》〉。奴らが誇りに思うのは、圧倒的な暴力と侵入者に容赦のない残虐性。

黒獣の脚の肉が盛り上がった一刹那、巨体が姿を眩《くら》ませた。次の瞬間、無数の牙を生やした大顎がザクサの前に現れた。風に巻かれた腐臭が鼻腔を刺激する。なんて敏捷《はや》さ——しかしザクサは動じない。

「……よく生きて朝を迎えられたな」

短刀を逆手に持ち替え、吸気を一つ。そして踏み出す。

「こんな近くに、俺がいながら」

雲烟縹緲《うんえんひょうびょう》、残像を喰わせてやった。

一閃の煌めきが刻んだ光芒《こうぼう》のもと、黒獣は小さく啼《な》いて地へと沈んだ。

急所を斬った。即殺だ、苦しまずに事切れただろう。

刃に付着した血糊を振り落とすと、ザクサは遺骸に黙礼を遣《や》る。

「……こいつも、違う」

「なにがちがうの～？」

不意に届いた甘い匂い、ザクサは即座に地を蹴った。

「うわ、すごーい！」

声がした方を見てみると、女が一人、そこにいた。

「誰だ」

ザクサは背筋を冷たくして刃の切ッ先を女に向ける。背後を取られた、なのに気配を感じなかった。女はその場で跳びはねながら両手を打つ。

「こんにちは！　私、イヴェテっていうの！　お兄さん強いね、カッコいいね！」

白い。奇妙なほどに白い。そう思った。白銀の長い髪、身振りに揺れる白亜の長裾。前髪で隠れていない方の左眼は緋色に輝き、まん丸な形でこちらを見ている。背丈はこちらと大差ないのに、見た目にそぐわぬ小児《こども》みたいな立ち振る舞い。

「俺に何の用だ」

声を低めて目を尖らすと、イヴェテと名乗る女は、赤めた頬をほころばせた。

「私、あなたのこと好きになっちゃった！」

「…………は？」

突然の宣言。女は胸を反らせて得意満面、こう続ける。

「あなたの子ども産んだげる。ねっ、今すぐ私と契《ちぎ》ろうよ！」

「こっ……!?」

素っ頓狂な物言いに言葉を詰まらす。イヴェテなる女は恐ろしい速さでこちらの両手をひっつかみ、顔をずずいと寄せてきた。丸くて大きい赤眼に硬直した自分が映る。

「私ね、強いヒトが好きなの。ねぇ私と番《つがい》になろうよ！」

「い、意味が分からない！　どうして俺が君なんかと！」

どうにかその手を振り払うと、勢い余ったイヴェテは前につんのめる。その時、白い頭髪の下から二本の角が現れた。見覚えのある、異様に尖った黒い角……。

「……見たね？」

「君は、何者だ」――早鐘を打つ心臓の音。

ザクサ・フィミユ、十七歳。過酷な狩りの世界で生まれ育ち、女人に触れた事などほとんどない。幼少期より日々を凌《しの》ぐため勤労奉仕に身を捧げ、朴訥醇厚《ぼくとつじゅんこう》、高潔こそが我が取り柄と自負してやまぬ青年に、出会って五秒で契りを迫る正体不明のこの女……あまりに刺激が強すぎる。イヴェテはにんまり笑い、二本指を見せつけてきた。

「神様である！　我こそは黒獣を統《す》べる美の女神、イヴェテ・フォルス様なのだあ！」

ザクサは短刀を振り下ろした。「ギャッ⁉」とイヴェテの短い悲鳴。

「見つけたぞ、伝説の獣《けだもの》の神！　大人しく宝玉をよこすんだ！」

「えぇえええ何それ知らない⁉　私、宝玉なんて持ってないよ‼」

短刀はイヴェテに両手で挟みとられた。それでもザクサはまくし立てる。

「古き書物に記される伝説の獣、黄鱗獣《おうりんじゅう》。そいつの生みだす宝玉が俺の呪いを解いてくれるんだ。ずっと探し続けていた。黒獣の神となれば、間違いなく君が伝説の！」

「誰それだれ⁉　私はオーリンジューじゃなぁい！　見ての通りの、女の子、ですっ！」

「うおぉっ⁉」

短刀に物凄い力が加えられ、ザクサはぶおんと投げ飛ばされた。宙を舞って地面に転がる。驚きのあまり受け身を取りそこねるところだった。

「神様に向かってなんて事するの！　でもその強引なところ、イイネ！」

「君の細い体のどこにそんな怪力が。まさか本当にヒトじゃない？」

「だから黒獣の神様だよ！　本当だもん、私の角さわってみてよ！」

差し出された角に恐る恐る触れてみる。少し毛羽立っているが芯から硬く生温かい。

頭蓋骨と一体化しており、引っ張っても抜けない。完全に黒獣と同じ……ゆえに問う。

「黒獣の神とやらが、なぜヒトの姿をしているんだ」

「逆にだよ。どうしてヒトが私と同じ形なのさ？」

左様か。呆気に取られつつ冷静な部分で考える。もしも彼女の言う通りなら。

「黒獣の神ならできるだろう。俺の呪いを解いてくれ！」

ザクサは左眼にある三本筋の黒い紋様を指さした。悲愴な声音で。

「……このままだと俺は、黒獣になって死ぬ」

シメオンの呪い。橋と柱を繋ぐ架け橋の守り手が宿すとされる死の呪い。ひとたび宿すと体に黒い筋が現れる。そこから筋が広がると皮膚に亀裂が入ってひび割れだし、やがて醜い姿に変わり果てて絶命する。呪いは体質にも影響し、膂力《りょりょく》の急激な向上のほか、思考の鈍化を引き起こすため、末期の様はまるで暴れ狂う黒獣と変わらない。

すでにザクサの身体能力は、黒獣を難なく狩れる域まで来ている。

「ごめん、ヒトにかかった呪いの解き方なんてわっかんないや」

イヴェテはきょとんとした顔で言った。

「……そうか」

「でもね、あなたからする匂いはすごく良いの。……そうだっ！　私が助けてあげる！」

「助ける？　どうやって」

「あなたと一緒にそのオーリンジュー？　っての探したげる！」

「君にそんな事ができるのか」

「私は神様なんだよ？　番には元気でいてもらわないとね！」

「誰が番だ。……神様だか何だか知らないが、俺の邪魔だけはしてくれるな」

　ここで議論するのは時が惜しい。刃先をイヴェテに向けると、まったく警戒していない緋色の眼が輝いた。

「やったぁ！　よろしくね、私の……誰だっけ？」

「ザクサだ、気安く呼ぶなよ。それから、君を狩ろうとした事は謝らないからな」

　喜びの声をザクサは渋面で聞き流す。怪しさしかない自称神様なる女。もはや何だっていい、使える物は使ってやる。もしも……そう、もしもの時は、斬れば良い。

　いずれにしろ待っているのは我が身の死である。自分は、生きなければならない。

2

　元来神とは強大な力を持ち、世のことごとくを思うままにした者だった。弱き者がそれを畏《おそ》れ、社《やしろ》を築き、供物を捧げ、機嫌を損なわぬよう奉る。神は、おのれの力を恩恵として弱き者の欲するだけ下賜《かし》されたもうた。畢竟《ひっきょう》神とは巨大な野性なのだろう。

「ザクサぁ～お腹すいたぁ～ご飯ちょうだぁい～」

「さっそく俺の邪魔してる」

小鳥のようにぴぃぴぃ鳴き出すイヴェテを背後に、なべての神が威光を備える訳ではないとザクサは所感を改めた。騒がしくてたまらないので背嚢《はいのう》から脂鶏《モツネギマ》の干し肉を出してくれてやる。嬉しそうに小躍りしながらしゃぶりつく女神にため息が出る。

（本能の赴くままだな……）

イヴェテが言うには、シメオンの柱の上層に黒獣共の巣があるらしい。そこが奴らにとって快適な環境だから黄鱗獣がいるかも、と。黒獣が好むのは湿気が多く雑然とした場所。霞が濃い日は餌を求めて〈柱〉の外壁を伝って降りてくる事がある。ザクサはヒトが暮らす町まで黒獣の侵入を防ぐ架け橋の守り手として、仲間と共に雇われていた。稼ぎが良い仕事だった。暮らし向きが良くなれば安全な内地に家を買い、皆で住もうとまで話していた。あいつらは今頃どうしているだろうか……。

「ねえねえザクサ！　あっちだよ、上につながる穴っぽこ！」

感傷を打ち破る能天気な声。干し肉を口にくわえたイヴェテが行く手を指し示す。道案内を買って出る彼女の存在はありがたい。シメオンの柱は古今多くの者が攻略を試みたが、誰一人全貌を解明するに至っておらず、今なお我々の英知が挑むべき巨壁として広大無辺な多重構造と奇怪極まる生態系をもって世界の芯央にそびえている。もしかするとこの旅で自分は初の最高到達点の観測者になるかもしれない。……まあ、それまでの猶予があれば、だが。呪いを解くためなら神でも何でも頼ってやるんだ。

石壁には燐光を発する地衣類が自生し、迷宮のような通路が薄明かりの奥まで続いている。イヴェテに従って行き着いたのは、ひらけた空間だった。天井が高く、はるか頭上の先にぽっかりと穴が空いている。風の吹きこむ音がする。あれが上層への道か。

懐から鉤縄《かぎなわ》を取り出すと、イヴェテが珍しい物を見るように小首をかしげた。

「それ使ったら登れるの？」

「ヒトの知恵の賜物だ」

そう言って鉤を回転させてから天井高くに投げ放つ。鉤はきゅっと空を裂き、穴へ突入すると返ってくる事はなかった。ザクサは縄の手応えを何度も確かめ、体を宙に預ける。縄を両足でしっかりはさみ、四肢を駆使してよじ登る。

「わぁ、すごい！」

「両親が物盗りでね。カタギで暮らせない頃はこうして橋に吊り下がってたよ」

「ふぅん。ヒトの知恵っていうのは何でもやるんだね」

「君らと違ってヒトはか弱いんでね。考える事で、俺達は今日まで生き延びた」

「私達ってそんなに怖がられてるんだ」

「見た目が違う。言葉が違う。力の差も圧倒的。それが襲ってくる。十分だろう？」

「たしかに。私もザクサを襲いたいもん」

「うるさい」

一時は黒獣の従僕化をたくらむ者が湧いたが、主人を見分ける知能がなく、人工物の破壊を好み、暴食家で共喰いさえも平気で行う奴らを飼い馴らすのは得られる恩恵と釣り合いが取れなかったそうだ。そんな獣の神様に縄を登りながら言ってやる。

「俺が登りきったら合図するから、縄に摑まれ。引き上げてやる」

「わあ、やっさしー!!」

口笛を吹くような声が聞こえたかと思ったら、「じゃあ私がそれやったげる」と続き、何かが爆《は》ぜる音がした直後、猛烈な勢いの何かがザクサの背後を駆け上がっていった。

「は？」

見上げると、真っ白い頭が穴から覗いて、いたずらな笑みを浮かべる神様がいた。

「えっへーん、私がイチバーン！　そいじゃ、しっかり摑まっててね！」

ザクサの縄を両手で持ち上げながら、イヴェテは軽く「えいっ」と一声。

「ちょ」

……次の瞬間、懐かしい風景が目の前を流れた気がした……。

群れを好まず他者との交わりが希薄だった自分。架け橋の守り手の連中は別だった。

いつも酒宴の輪に迎えられ、気さくに笑い、狩り働きの連携も完璧だった。共に命懸けで黒獣と戦い、長屋の狭い一室で朝まで肩組み歌い明かしたものだった……。

尻もちの衝撃で我に返った。

「あはは、ザクサの声すごくて面白かった～！」

いつの間にか上層に着いたらしい。というより放り投げられたらしい。呆《ほう》けた感想を宣《のたま》う神にとびきり不機嫌な顔を見せてやったが、まともに取りあいやしなかった。

「ここが黒獣共の巣窟か、ひどい臭いだ」

鼻を押さえながら見渡すと、光る苔類の浸食がさかんで視界がどこも青白い。石造りを基調にしているのは相変わらずだが、空気が淀んでいるらしく、どんよりと腐臭の漂う階層だった。イヴェテは両手を広げて気持ちよさそうに深呼吸すると、思いきりむせていた。

「今からこの辺りの黒獣を呼び集めるよ！　黄鱗獣を探してね！」

なにやら剣呑《けんのん》な台詞を吐くと、イヴェテは耳をつんざくような声を発した。両手で守らなければ鼓膜が危なかったと不服を申し立てようとした時、壁や天井から無数の唸りが響いた。

「来たね来たね！　さぁザクサ、よりどりみどりだ……」

イヴェテの言葉を遮って黒獣の群れが彼女に突っ込んだ。あっと言う間に白い衣裳が魚鱗に埋もれた。ものすごい集まり方に肌が粟立つ。自分の周囲の数も凄い。

（十一、十二、十三……数えきれないな）

だが黄鱗獣らしき個体は見当たらない。黄ばんだ双眸《そうぼう》をぬらぬら光らせ、ザクサに近寄る黒獣。経験則から思考を巡らす。奴らは群れで狩りなんか行わない。

（全部倒して、一頭ずつ調べるしかない）

ザクサが持つ力を使えば各個撃破できない事はないだろう。あの女も気がかりだが、自分はこれだけの数を前にして助けに行ける技量はない。眼前のやるべき事を全力でやる。鞘から短刀を引き抜くと同時にザクサは体を撃ち出した。一頭の黒獣が飛び掛かろうとしていたようだが、ザクサとすれ違った直後、首から血潮を噴き出した。まずは一頭。呪いを帯びた左眼が熱くなっていくのを感じる。薄明りの空間内が明度を引き上げられたように見晴らしが最適化する。

刃を血振るいしながらザクサは止まらず、次を狩る。岩場を蹴って身を翻《ひるがえ》し、脳天に刺突を繰り出す。黒獣共は色めき立ち、吠声《はいせい》を上げて突っ込んでくるので、するりと体勢を低くする。頭上で二頭がぶつかった。怯んだ順に鱗《うろこ》の薄い首を掻く。

数が多い……不意に、視界に長い尾が飛んできた。避けられず、腹から喰らった。ザクサは小石のように弾き飛ばされ、二転三転、地で肌を削って手を突いた。口の中を切ってしまったが、群がりの中から脱出するには今の手段が手っ取り早いと考えた。衝撃に合わせて自ら後ろに跳んだのである。何事も集中すれば意外とやれるものだ。

黒獣共をかなり減らし、ようやくイヴェテの事を思い出す余裕ができた。群がられていたが死んでないだろうかと視線をやった時、その光景におのれの目を疑った。

「あ、ザクサ！　調子はどう、見つかった？」

腰元に黒獣の遺骸で築いた山を据え、美味しそうに肉を齧《かじ》るイヴェテがそこにいた。

ザクサが相手にしていたのと比較にならない数の黒獣を、彼女は屠《ほふ》り終えていた。

屈託のない彼女の笑みと対照的な惨状に、全身の血が引くのを感じた。

……黒獣は共喰いを行う。そうして生存競争を勝ち抜いてきた。だが、奴らを待つのはこの現実だ。

神と黒獣、絶対に揺るぎない力関係である。

自身の中でくぐもっていた疑心が確信に塗り替わる。

彼女はヒトではない。この女は、はるかなる強者なのだ。

言葉を失くしたザクサを見つめて、イヴェテは困ったような顔をした。

「……ザクサ？」

「あ……」

――――獣め。

口にしかけた気持ちを吐かずに飲んだ。イヴェテに感じた事を裏返したら後に辿る自分の運命と重なるのだから。いつか俺も生臭い血肉を喰う事に躊躇《ちゅうちょ》を失くすのか？

それだけは嫌だ……。疼《うず》く左眼に身を任せ、ザクサは残る黒獣共の命を奪った。すべて狩り尽くして遺骸を確かめても、宝玉を持つ個体はどこにもなかった。血糊を拭った短刀の刃をあらためると先が少しだけ欠けていた。

3

しばらく旅路を共にして、イヴェテについて理解が進んだことがある。

ひとつ、感情の機微《きび》を持ち合わせている言動が確認できた事。ひとつ、決められた言いつけを守る遵法精神がある事。ひとつ、おのれの無知を自覚している事。

イヴェテは愚者にあらず。それこそ最初は自我の芽生えた黒獣程度に思っていたが、言動の真意を解くと合理的な内容が占めていた（しばしば関係を迫るのは野性と思うが）。ここで考える。ザクサに対する問いかけの多さが異性の関心を惹きたいという幼稚な欲求のみに起因しない、もっと高次な心の動きに由来するとしたら。

夕餉《ゆうげ》の支度をしている時、彼女といつもの雑な談話を垂れ流している中で、ふと食事の種類についての話になった。かつて仲間と興じた酒盛りに出た〈大猪《ガフゴ》の肋《あばら》の香草煮《ラフティーブ》〉が美味かったとこぼしたら、作り方について尋ねてきた。大方の材料とレシピを推測混じりに答えたところ、翌朝〈蜥蜴《ヤバイニオイ》の蓬茹《クロイシル》で〉が生み出されていた。

「えへへ、ザクサの食べ物を真似してみたよ。……美味しいかな？」

「……とてもよく火が通っています」

この一件以降、ザクサはイヴェテに調理の仕方をはじめ、彼女が興味を持ったものにはできるだけ――特に自分の健康に関わりそうな事柄は入念に――知識を共有するよう努めてみた。楽しそうに吸収してくれるので、ザクサとしても良い話し相手ができたと思うようにしている。

ところで、イヴェテと話していて深まる謎がある。それは「彼女がなぜ自分と話が通じるのだろう」という事である。黒獣の神として自然界階層《ヒエラルキー》の頂点に君臨しながら、どうしてヒトの言葉を理解するのか。黒獣を呼び寄せた際の奇声、あれは通常個体が追い詰められた際に発するのと同じだった。

イヴェテの母語はあちらの方ではないか？

彼女と黒獣の巣を掃討《そうとう》してからというもの、考え事が増えた気がする。身近に奇妙奇天烈な存在がいるだけで、目的の本筋と関係ない事柄に思考力が削がれてしまっている現状はザクサの自己評価としてはよろしくないと思う。

本人に疑問をぶつけたところで「私の事を考えちゃうの？　きゃっ、うれぴい」と返されるので、余計な詮索をするのは止めた。

A

わたしはきョうよかったひだとおもいました　なぜかというとかれがわらッていたからです　かれはいッつもそとでたくさんあそんでいます　わたしもあそぼうとするとわたしはあそんではいけないといいます　なぜならわたしはけがをしてしまうのであぶないのでよくないからです　かれはわたしをうちのなかであそんでくれますから　わたしがすきなのだとおもいました　ずッといッしョにいたいです

4

あれは、そう。珍しく空の霞が晴れるのではないかと思う日だった。雲間に覗いた白熱する光の玉を見たとき、その眩しさに目が痛かった。

それが、空から黒獣が降ってきた日。見た事がない種類の個体だった。翼を持ったそいつは喧嘩の末にいろんな場所にぶつかりまくって墜落したらしい。架け橋の番門《ばんもん》広場で酷い有り様で発見された。仲間に伝令を頼み、自分は処理を行う段取りで遺骸に近寄った。それが迂闊《うかつ》だった。突然、息を吹き返した黒獣が狂乱を起こすと、血と涎《よだれ》の交じった吐息を吹きかけてきた。いきなりの出来事にザクサは呼吸を塞がれ悶絶した。ようやく集まってきた仲間達に救助された時、黒獣はもう動かなくなっていた。

シメオンの柱で生きるとは、時に美しく、時に残酷な生命の循環を受け容れる事なのだろう。ヒトの手に掛かる事なく摂理の中で力尽きた黒獣を、ザクサは手厚く弔《とむら》った。ヒトならざる異形とは言え、命を奪う仕事が、架け橋の守り手の使命である。いかなる者であろうとも死した骸《むくろ》に敬意を払うのが仲間達の通例だった。

自身に違和感を覚えたのは、しばらく経ってからである。翼の獣を葬ってから一ト月後、やけに体が軽くなった。走る速度と跳躍力が向上していた。半年後、肩の力が強くなった。重たい武具や薬品箱なんかを運ぶのに汗の一つもかかなくなった。さらに月日が進むと、視力が異常に良くなった。書物を読んでも疲れない、物見櫓《ものみやぐら》の上から霞の向こうの民家の窓辺にかけてある鳥籠の雛《ひな》と目が合った。嗅覚や聴覚も鋭くなっている気がしてならない。ザクサは驚いて仲間に話した。仲間は自分を指さし、目を剥いていた。左の眼窩に黒い紋様が出ていた時には、一年が経っていた。

「……そうして俺は仲間のもとを離れ、呪いを解く黄鱗獣を探している」

ザクサは鎖骨まで伸びた呪いの脈管を指でなぞった。紋様に沿って皮膚が硬くなり始めている。辺りは茂みが囲う水路の畔《ほとり》。おそらく外は夜の頃。苔類の燐光が弱まって、どこかで夜虫が鳴いている。焚き火を前に、ザクサは椀を満たす果実酒を呷《あお》った。

「その呪いを解く方法って、どこで知ったの？」

イヴェテが問う。

「図書館だ」

ほのかな酸味が舌を洗う。萊姆《サミン》を醸《かも》したこの酒が寂しい夜の供である。

「トショカン？　それってなあに？」

「本が山ほど置いてある。ヒトの知識の軌跡が詰め込まれた場所。子どもの頃はろくにモノを教えられる大人がいなくて、よく通っていた」

「へぇ〜」

両手を顎の杖にしてイヴェテは興味深げに頷いた。焚き火を挟んで白い衣裳は煌々と照らされている。蠒虫《ヘンペイ》を炙《あぶ》る串をいじりながら、「ザクサはなんでトショカンに？」と顔を傾けた。

「まともな暮らしをしたいから勉強を頑張ったんだよ。世間というのは知恵ある者に味方するよう稼働している。もっとも、体一つの狩り稼業だけで食ってたけどさ」

空の椀を手元にぶら下げ、弾ける焚き火の奥を見つめる。酒袋にはまだ入っている。

「すごぉい。ザクサ、頑張ってたんだね」

素直に受け取り、鼻をすすった。頑張ったら報われる、俺はそれを体現してきた。

「頑張って稼いで、立派な家を買って、仲間と穏やかに暮らすのが俺の夢だったんだ」

はたと自分の言葉にザクサは驚く。夢だった？　どうして過去のように語るのだ。

「俺は……」――誰だ？

野盗の子として生まれ、早くに孤児《みなしご》となった過去。貧民窟《ひんみんくつ》で養われ日々を繋ぐのに必死だった。そうした苦労の末に橋の上の暮らしを手に入れた。鬱屈した生活から抜け出せると明日の成功を願っていた。それなのにザクサの前に立ちはだかるのは、シメオンの呪いという、すべてを奪う過酷と呼ぶには惨《むご》すぎる宿命――。

無意識に出た現実は心の蓋に巣食う魔獣を感じたゆえだろう。その名は、おのれの過去、現在、そして未来。彼らはザクサに問いかける。橋を発ってどれほど経った？　成果はどうだ？　三つの魔獣は互いを蝕《むしば》み、楽な選択肢を醸造している。

諦めろ、と。

「俺は……もっと大きな事を成し遂げる。その先で、俺は知識で身を立てるんだ！」

迷いを振り払うようにザクサは声を高くした。俺は、黒獣じゃない。ヒトなのだ。

「呪いを解いたらザクサもトショカンになるのかな？　ザクサも本になるのかな？」

「……俺が、本になる？」

予期せぬイヴェテの発言に自分の口が反復する。白い頭が何度も首を縦に振る。

「そしたらね、ザクサの本をずっと先のヒトも読むんだよ。誰かの知識になるんだよ！」

「俺の本を……。まるでお伽話の英雄だ」

「でねでね、沢山知ってもらったらザクサが言うの！　俺が、イヴェテの番であーる！」

「…………」

ザクサは無言で酒を注いだ。

「もおっ、なにか言ってよ！」

イヴェテが頬を膨らませるものだからザクサは歯を出し、哄笑した。おかしいな、酒のせいだ。今宵はやけによく回る。眉根を寄せるイヴェテに酒の入った椀を突き出す。

彼女は目を丸くして何度も瞼を瞬《しばたた》かせると、椀とこちらを交互に見る。

「どうした？」

「……貰っても、いいの？」

「え？」

「ザクサ、それを飲むと幸せそうな顔をするから。きっと大事な物なんでしょ？」

おずおずと上目がちに言うイヴェテ。…………ザクサは彼女の腕をむんずと掴み、椀をしっかり持たせると莱姆酒を更になみなみ注ぎ足した。「うぇえ⁉」と抜けた声。

「俺はそういう遠慮が好かんので。なりたきゃ君も幸せになれ」

「いいの？　ザクサ、本当にいいの……？」

「酒なら稼いで買えばいい。俺は、英雄になる男であーる！」

完全に酔っぱらっている。

「……じゃあ、飲むね？」

イヴェテは唇を椀にあてがい、ちみりと酒を口に含んだ。

「んん〜〜〜っ⁉」

すると言葉にならない表情をして、体中の毛を逆立てるように背筋がピンと伸びきった。慌てて水の入った革袋を差し出すが、イヴェテは片手でそれを拒んだ。何がどうしたと思ったら、なんとイヴェテは椀の中身を一息に乾《ほ》した。

「沁みるぅ〜〜っ‼」

彼女の感想第一声がこれである。

「し、沁みる？」

天を仰いで満足げな息を漏らすイヴェテに訊き返す。彼女はもう紅潮していた。

「昔ね、こんな味の蜜を流す花の木があったの。私、それが大好きだったの！」

「酒の味がする花とな」――神が好みそうな寓話じみた木があるものだ。

「うん！　とっても美味しいの！　お花も綺麗で、よく頭に付けたりしてたんだ」

「見た事ないな。その花の咲く場所がイヴェテの故郷なのか？」

「んとね、割とどこにでも咲いてたから覚えてないや！　そのうち見つかるよ！」

残念、その記憶を頼れば黄鱗獣に繋がる手掛かりがあるかと思ったのだが。しみじみと顔を赤くした彼女は笑いながら椀を口の上でひっくり返す。もう入ってないぞ。

「じぃ……」

「なんだなんだ？」

「もっとちょーだい！」

「やめとこ」

「えぇ！　なんでぇ！」

縋《すが》りつくイヴェテの手から酒袋を守る。自分が今どんな顔をしているのか分からないのか。一杯しか飲んでないのに、すでに目つきが蕩《とろ》けているではないか。

「神様への捧げ物はこれくらいでちょうどいいのです」

「ぷぅ」

ふくれ面のイヴェテにそばの水路で顔でも冷やしてくるよう勧めたが「いいもーん」との事だった。代わりに、焚き火から麏虫の串焼きをイヴェテはこちらに差し出した。

「ま、ザクサが本になったらいつでも飲めるもんね！」

焼き目は綺麗で、こんがりと香ばしい匂いが漂ってくる。

「……あぁ、そうなるために、頑張らないとな」

本になれば物語は世界に残り続ける。自分という存在が誰かの認知によって確立されるなら、本を媒介に名を残すのも一種の喜びかもしれない。孤独と共に旅をしてきた身の上だが、ひと知れずこの世を去るのは、やはり怖いし、とても寂しい。

俺は生きて、彼らのもとへ戻るんだ——黒ずみ始めた指先を、ザクサは黙って握り込む。焚き木の爆ぜる音に紛れてイヴェテの楽しそうな鼻歌が響いていた。

B

きョうはおともだちがあそびにきました　おともだちはかれとなかよしですので　わたしもよかったなとおもいました　なぜかというとおともだちはかれとそとで　おひるねしたりじゃれあいごッこをしていますので　たのしいなとおもいます　わたしもいッしョにあそびたいなあとおもいました

5

「旅のお方、あたしにひとつあんたの話を聞かせておくれ。あたしゃ長い事、退屈な暮らしをしていてね。こうして立ち寄るヒトの話を集めているのさ……」

老婆はやわらかな笑みで歯を見せた。赤い衣裳を纏《まと》った、小さな老婆だ——。

黄鱗獣を求めてさらなる上層を目指していると、驚いた事に民家を見つけた。いや、民家と呼ぶのにそれはあまりにも朽ちた建材で組み上げられた様相だった。出迎えた老婆は枯れ木の亡霊紛《まが》いな風貌だったが、こちらを見ると嬉しそうな顔をした。黒獣に襲われないのか尋ねたら、「骨と皮だけの身を食ってもしょうがないさね」と答えた。

通された部屋は沢山の本棚が並んでおり、物語だけでなく研究書や哲学書、目録から字引まであらゆる分野があった。席に促されながらザクサは感嘆してしまう。

「これだけの本をどうやって」

すると老婆はふぇっふぇと笑って、枝のような指先をこちらにかざした。

「お婆さんが書いているのですか」

「時間だけはたっぷりあるから、たっぷりとね……」

一冊を手に取って読んでみる。柱にまつわる伝承が纏められている。どれも初めて知る物ばかりだ。図書館にさえ未収の逸話の数々に、ザクサは思わず食い入ってしまう。

「……すごい」

どれだけの時を費やせば、これほどの話が集まるというのか。老婆に対して素直に畏怖を覚える。唸りながら頁《ページ》を繰るザクサの横からイヴェテが覗きこんできた。

「私もお婆ちゃんの本読んでみたい！　でも読み方分かんない！　教えてザクサ！」

「難しいと思うぞ」

「私かしこいもん！」

「ふぇっふぇっふぇ……お嬢さんは本当に、お勉強が好きだねえ」

老婆は愉《たの》しそうに頷いて、書架から二冊を引き抜きイヴェテに渡した。簡単な言葉で書かれたお伽話と、少し難しい歴史の本だった。たしかに言葉を学ぶにはちょうどいいかもしれない。本を両手に小躍りしている彼女を尻目に、ザクサは老婆に向き直る。

「……黄鱗獣？」

その名前を語る老婆の口ぶりは初めて聞くようだった。呪いを解く宝玉の伝説。この老婆なら手がかりを知っているかもしれない。ザクサはおのれの出自と目的、旅の経緯《いきさつ》をすべて話した。老婆は相槌を何度もくれたが、顔色がよくはなかった。

「書架にはない話だね。……それでも手土産くらいになるかもしれんが、その昔、一人の娘がこの柱を降りてった、あんたと同じヒトの子が。振り向きもせずまっすぐな目をしていたね。……あたしが話せるのはこれくらいだよ」

胸が強く脈を打つ。老婆は申し訳なさそうに話したが、非常に重要な事をザクサに伝えた。「自分と同じヒトが上層《うえ》にいた」のだと。ザクサは思考を巡らせる。もしも本当だとしたら……仮説を構築しながらイヴェテを見る——イヴェテは自分の事だと思ったのか首をぶんぶん横に振るが——そう、上層にはヒトが暮らせる環境が存在している事を指している。これは旅を続ける大きな道標だ。ザクサはすっくと立ち上がる。

（だが降りて行ったのはなぜなのか？　——その娘は何を目指したのか。謎は深い）

老婆に丁寧な礼を告げ、部屋を出ようとした時、後ろから呼び止められた。

「名前は何というんだい？」

この老婆とまた会える日は来るのだろうか。きっと呪いを解いて、橋へ帰る時に寄れたらと思う。老婆に覚えていてもらえるよう、感謝を込めて親指を立てた。

「ザクサ・フィミユ。伝説の勇者とでも語り継いでくれ」

「あぁずるい！　私はイヴェテ・フォル、氷のごとき美の女神と語り継いでね！」

「うっわ」

「神様なのは本当だもん！　美しいのも本当だもん！　ザクサだってぇ！」

「俺は見た目についての言及はしていない」

「私だって合ってる事しか言ってないよ！」

「えぇ……？」

「わぁーん！」

イヴェテとの言い合いを割るようにふぇっふぇっふぇと特徴的な笑いが上がった。

「あんた達の話は覚えておくよ、いつまでも、大事にね……ふぇっふぇっふぇ……」

老婆の家を後にしてから、ザクサは眠る前のひと時にイヴェテへ読み書きを教えた。

やはり彼女は学習能力がとても高い。みるみるうちに文字を覚え、お伽話の音読も諳《そら》んじるまですぐだった。思うにイヴェテの幼児性とはいわゆる語彙の乏しさに由来するものなのだろう。読み書きを通じて使える言葉が増え、論理的な思考が身に付けば、きっと彼女の人格にも影響するに違いない。欲求丸出しの言動でザクサが頭を抱える事も減るだろう。神を教育するとは奇妙な感じもしてしまうが、イヴェテ自身が学びたがる姿勢はかつての自分と重なるようで、無碍《むげ》にしてはいけないとも思う。

C

おともだちがわたしにあそぼうといいました　わたしはあぶないよとおもッたけどだいじョうぶだからとやさしいくて　しました　かれはねているからそおッとでしたいッぱいたのしくあそびました　おともだちはおんなのこです　おんなのこはわかれるまえにわたしをだきしめました　きすをしてくれました　また　あいたいな

6

黒獣の巣に遭遇した。今度こそ黄鱗獣を見つけねば。背中をイヴェテに任せると、ザクサは激しく舞いを演じるように無数の魚鱗を宙へと散らせた。奴らの硬い肉体がさくさくとまるで布人形みたいに刃を通す。黒獣共を蹴散らしながらザクサは彼女に目をやった。黒い渦の中心でイヴェテの白い装束が花のように広がっている。黒獣の爪や牙を寄せ付けず、どこかで拾った長巻《おおだち》を型の通りに使っている。

しかし、死角から小さな個体が狙っているのに気づいていない。

「イヴェテ！」

地面を穿《うが》つようにその場を駆け出し、イヴェテの背後でそいつの首を刎《は》ね飛ばした。

「ザクサ……？」

「大丈夫か。残りは俺に任せろ」

左眼から腿にかけて体の筋が熱くなり、ザクサは天へと咆哮《ほうこう》した。全部、狩る。

それから数瞬の記憶が飛んだ。周囲に静けさが戻ってくると、無数に転がる黒獣の中で立ち尽くす自分の荒い呼吸だけが響いていた。

ある時、知能が低下している事に気づいた。

食べられる虫の種類と学識のいくつかが分からなくなっていた。食料採集でいつも何を選んでいたのか思い出せない。歴史書の音読を試みたら、敬愛する古代の哲人が残した言葉が難しくて途中で止まってしまった。本を手に固まるザクサをイヴェテが無垢な顔で見つめてくるので、いつものように取り繕った。

路傍《ろぼう》のせせらぎに映る顔は、自分のものではなくなりつつある。顔半分は黒くなり鼻は骨格が歪んで痛み出した。……残された時間は長くない。

そんな自分の心も知らずイヴェテは変わらぬ態度で旅の供についてくる。思えば自分は彼女の歩調に合わせている。独りだったらもっと速く歩けるのに。どうして夜は休むなんて悠長な事が言えるのか。独りだったら夜通し探索ができるのに……。

胸に募る泥のような感情が魔獣となって現れたのは、まもなくだった。

「どうして、そんな事言うの……?」

イヴェテの困惑した声。ザクサは彼女を置いて行くと言ったのだ。誰にも縛られたくない、俺一人でやっていける。体が日毎《ひごと》に黒獣に近づき、神とやらに付きまとわれ、自分ではない誰かに振り回される。もう沢山だ。自分が消えてしまいそうだ。

「ザクサはザクサだよ。何も変わってなんかいないよ」

イヴェテが声を高めて言い寄る。ザクサは後ずさりして距離を持つ。もううんざりだ。ヒトに戻りたい、ただ平凡に暮らしたい。これは間違った願いなのか?

「俺は」――誰も助けてくれない――鬱屈した心がはじけようとする――「俺は」。

がなり声が喉から出ようとした瞬間、口元が何者かにより塞がれた。

……彼女の眼に、涙が溜まっていた。今にも泣き出しそうな顔をして、それでも涙を零すまいと耐えている……。ザクサの言葉を止めたのは、ヒトとしての理性だった。

俺は――。猛烈な痛みが胸の中を駆け巡る。俺は、イヴェテを泣かせているのだ。

「……俺は、何も見えなくなっていた。君がいるから、俺はここまで来られたんだ。君に助けられている立場なのに……俺が悪かった、俺は醜い獣だ……ごめん」

彼女は、ついてきてくれる味方なのだ。今日まで見放さずにいてくれた相棒なのだ。どうして邪険にするのが許されようか。すべて呪いのせいだ。自分の顔にへばりつく黒い鱗をむしり取りたい気持ちで溢れる。顔をぐちゃぐちゃに掻きむしった。

「ザクサ……安心して。私はここにいるよ」

ひび割れた黒い頬に、イヴェテの指先が触れた。鱗だらけの顔が彼女に包まれる。

「あなたはひとりじゃない。あなたは温かい心を持った私の英雄、ザクサだよ」

彼女が微笑むと白銀の髪がさらりと流れた。なんという白さなのだろう。ふいにイヴェテが眩しく感じて視線をそらす。そして胸の内に、あるヒトの笑顔が浮かんだ。あのヒトもよく笑っていた……。ザクサが帰りたいと願う本当の理由。イヴェテを見た。

「そばにいたいヒトがいるんだ」

守り手で、働く仲間の一人に、昔馴染みの娘がいた。橋梁《きょうりょう》にぶら下がって生きる連中の子で、名前はトィユ。黒髪をいつも短くしていて気立てがよく、くしゃりと笑う彼女に、ザクサは幼い頃から恋をしていた。

「俺の髪を綺麗と言ってくれたんだ」

だから金糸の髪を切れずにいた。月日が経ち、ザクサは狩りの才能を買われ狩猟者の職を得た。トィユも橋の上を志し、番門の守り手として後方事務に雇われた。

「ははぁん。その子がザクサの恋人ってこと」

「いや……そうじゃない」

「どういうこと？」

「彼女は別の男と結ばれたよ」

他者との関わりを好まぬザクサがトィユとまともに会話をしたのは、橋の上に出てからだ。守り手の裏方を務める彼女は、ザクサと最も親交の深い狩猟者と結婚した。情に厚く華やかな男だ。二人はすぐに子を為《な》した。酒宴の席で彼はザクサに頼むのだ。

『この仕事で僕が死んだら、娘のロマと妻のトィユを、君が守ってくれないか』

ザクサは彼の言葉を承諾した。彼は涙を流して喜んだ。男同士の友情に酒が進んだ夜だった。ザクサが旅に出発する朝、見送りの中で彼が一番泣いていた。

「……いいヒトなんだね」

「笑えばいいさ。俺はあそこで過ごした時間が好きなんだ。夢にまで見た橋の上で、ヒトとして生きる事。呪いにかかってやっと気づいた、俺はヒトが好きなんだと」

黒ずんだ指先を結んで俯く。

「……まだ遅くないよ、ザクサ。君の願いは必ず叶う」

イヴェテ、と彼女の名前を口にする。思えば彼女はザクサを否定しない。その優しさと心の白さに、いつしか気を許している自分がいた。赤い瞳がこちらを見ている。白い睫毛に包まれた宝石みたいな彼女の眼。とても、きれいだ……。

――――さわりたい。

「嫌！」

伸ばした手を払われた途端、我に返る。微《かす》かに左手が痛む感覚。

彼女を見ると、怯えたように唇を震わせていた。自分は今、何をした？

「イヴェテ、俺は何を……」

訳が分からずそう言うと、彼女ははっとしたように顔を伏して、自らの右眼を隠す前髪を撫でた。そして察する。自分が、理性を失くしていた事を。

「ごめんなさい、ザクサは何も悪くないんだよ。本当だよ。ちょっと私が驚いただけ」

震える声で優しい言葉を並べるイヴェテ。その声がむしろ己の為した行いに罪を背負わせてくるようで。目の前が暗くなる。

呪いのせいだ。自制できなくなる瞬間が、この先も訪れるのか。今まで積み重ねてきた人格が崩れていくのだ。

誰かを傷つける。大事なものを見境もなく。感情と欲望に囚《とら》われて。戻れない。俺はもう、獣なんだ……。

その時だった。呼吸が詰まる。目尻から冷たいものが流れた。

イヴェテが自分を抱擁していた。初めて感じる誰かの胸の中の温かさ。戸惑いながら、頭を撫でられ、イヴェテの「ごめんね」という声を聞く。

「私ね、右眼に大きな傷があるの……。だからこの髪の下は見せられない」

俺でも、だめなのか？　無言でいたら、頭髪に口付けをされた。

「いつか決心がついたら、あなたに見てもらいたいと思ってる。本当の私を」

ゆっくりと彼女の胸から顔を上げると、イヴェテは唇にゆるやかな弧を描いた。

「ひとつ思い出した場所があるの。次はそこを目指してみようよ」

――その場所の名は、花園《ルルディ》。神が守る聖域の祠があるらしい。

「花園……」

自らの唇にその音を繰り返させる。神秘性を孕んだ響きを告げたイヴェテの口元に視線が移る。

薄紅色の唇に不思議と吸い込まれそうになり、少しの間をあけて頷いた。

「君を信じるよ」

「ザクサ、あなたはきっと名前を残すヒトになる」

本当にそう思っているような面差しで言う。

かぎりなく純粋で、まじりけの無い信念をまるで託すかのような。

「……あの日の事、謝りたい。君が現れた日、俺は君に刃を向けた」

「私だってあなたにとんでもない話をしてたもん。よく今までそばに置いてくれたね」

「思ってたより良い神様だと分かったからね。……イヴェテ、これからもよろしく」

「うん。ザクサならきっと大丈夫。私がついてるんだから！」

「……あぁ、俺なら大丈夫。神様がそう言ってくれてるんだ」

「その意気だよ。それじゃあ休もうか、明日はみんな上手くいくよ」

そっと肩をさすってくれたイヴェテは先に寝床についた。ザクサも焚き火を処理してから藁敷にそのまま座り込む。横になっても、寝られないと知っているから。このところ眠りが極端に短くなっている。体が睡眠を必要としていないのだ。らんらんと夜の目は冴えわたる、まるで暗闇を好む黒獣のように。

（…………）

静かな草原が広がっている。どこからか吹く風だけが、暗い世界に音を与える。

今の自分の姿を見て、仲間はどんな顔をするだろう。いっそ笑ってくれるだろうか。全部笑い話で済ませられたら、どんなに良かったことだろう。願うのは、自分を忘れないでほしい。ただ、それだけ。そして伝わるなら叫びたい。自分は、今、ここで生きていると。

寝息のする方を向く。安らかな顔で、イヴェテが眠っている。何にも怯えていない。安心している表情だ。無防備な寝顔を見ていると胸がくすぐったくなる。彼女がいるからヒトとしての心を保てている。気づいていない振りをしていた。

天井を覆う燐光苔のほのかで幻想的な明かりの下。彼女の指に手を伸ばしてみる。彼女の白くて華奢な指先と、おのれの岩のような醜い手を比べて、ひっこめた。

（何をしているんだ、俺は）

頭をかいてザクサは風の吹いてくる方を見つめた。草の擦れる音と夜は長く続いた。

D

おともだちはかえりました　かれはげんきがなかッたのでさびしいのかなとおもいました　わたしがいちにちちかくにいてはなしをしてあげました　おはなもあげました　かれはげんきになッてわたしをたたきました　わたしがころんだのをみてかれはうれしそうでした　かれがうれしそうなのでわたしもうれしいきもちになりました　かれはわたしをみるとわらうからわたしをすきです　わたしもかれをだいすきです

7

朝になると色が分からなくなっていた。視界に入るものがすべて不自然な配色になっている。薄水色の草原に、灰色の陽射し、自分の獣の腕だけが元の黒さを留める。次の日には岩場の苔が黄色になった。いいや、目につく物がみんな黄ばんで見えている。視覚に関する呪いの進みは思ったより速い。色が違っているだけで気分が悪くて食事も喉を通らない。加えて、今日は火の起こし方まで忘れていた。五感の一つをやられた上に、当たり前の作業ができなくなると、さすがに心がまいってくる。

そんな中で、髪も瞳の色も変わらず見えるイヴェテにどれほど救われているだろう。いつものような色合いで、いつも通りに笑うイヴェテが世話を焼いてくれている。

「大丈夫だよ、私があなたを守るから」

やさしい言葉に頷くだけしかできない。彼女が見ていないところで、ひとりで泣いた。

E

きョうもわたしはあたまとからだがいたかッたのでねていました　かれはわたしをみてかなしそうにします　わたしがわるいことをしたのかなとおもッてかれのところにいくと　わたしといるときもちがわるくなるからいなくなれといいました　わたしはかれがかなしくなるのがいやだから　うちからでかけることにしました　わたしがいなくなッたから　かれのきもちがわるいのがよくなればいいなとおもいました

8

探索を深めるにつれ、段々と層内の様子が変わってきている。岩場や石壁が植物に覆われ、背高い木々が目につくようになってきた。眼前に広がっているのは、地上の丘によく似た場所だった。懐かしさのある風景に、思い出も蘇る。

過去に一度、橋の下での暮らしに倦《う》んで脱走した事がある。閉塞感に耐え切れず、少年ザクサは霞の中をやみくもに走った。そうして行き着いたのが、見晴らしの良い小さな丘のある場所だった。こんな所があるなんて、と世界の広さを初めて知った。

思ったのは両親の事。ザクサの父母は野盗という汚れた身分で己《おれ》を生み、世界のどこかで生きて、どこかで死んだ。顔も名前も息子に告げず、霞をさらう風となった。

そんな二人を恨んだ日もあった。今は彼らがくれた命を惜しんで呪いと戦っている。

ザクサは思う。生きるとは因果《カルマ》を受容していく過程にこそあるのだろうと。

「ザクサ。私ね、あなたに言葉を習ってから詩を書くようにしていたの」

思惟《しい》の旅を終える頃、若草の匂いをさらう風の中、イヴェテがこちらに振り向いた。

「詩を？」

「ヒトとして生きるザクサの言葉は、私にとって大切なもの。いつまでも覚えていられるように作品として形にしたんだ」

「なんだいそれ、照れくさいな」

手慰《てなぐさ》みの、つもりで始めた事をこんな風に受け取っているとは思いもしなかった。彼女は草原の小高くなったところで佇立《ちょりつ》している梢のもとまで駆けると、少女のようにはにかむ。薄墨色の丘にある彼女の姿はまるで一枚の絵画のようにも見えた。

「私の紡いだ詩、今から聴いてほしいの。これはきっと失くしたりしないから」

その言い方に含みを感じたのは気のせいだろうか。穏やかさの中に、決意のような響き。そっと首肯をして返すと、イヴェテは祈るように瞼を降ろした。

「……ありがとう」

イヴェテは小さく息を吐く。胸元に指を添えると、虚空へ向けて調べを奏でた。

鳴啼《めいてい》の霞に酔ふは　無辜《むこ》の陽よ　遺る香りに微睡《まどろ》む君ぞ　抱かれけむ
流るべし尾の引く吾が髪　心も知らず　去り往《ゆ》く背なを　露となるまで
蒙昧《もうまい》と花にたむく　温もりを　忘るる夜にその肩その指　かい抱く
躍る君が首すじ　夢に求めうずく頬　しとねを濡らす　緋《ひ》より出《い》づつゆ

黎明《れいめい》をかむりし壮《そう》は　裾の人　うつる各《かく》らに惑わぬように　吾が抱けり
渡るべし尾引く君の髪　たつて泣き　おきさる香りと　露を含みて
陽のとむ鎖は　なおもめぐらす

「……これは」

美しい歌声だった。やわらかな旋律に綴られた言葉はこちらの胸の奥底を透かすような響きをしていた。イヴェテの考えている事、感じている事が旅、を共にしてきた自分にはありありと伝わった。これはイヴェテの唄だ。ゆえに、耐えられなかった。

「君の、物語なんだね」

歩み寄り告げると、イヴェテは無言を答えとした。その事実に悄然《しょうぜん》とする。

「私からあなたに伝えられるのはこれだけ。あとはザクサ……あなた次第だよ」

それはあまりに、残酷な詩。

何のためにザクサは戦ってきたのか。すべての行いに疑問符を打つ、運命の呪いだった。

真っ向から向き合うと、イヴェテの瞳に宿る光の強さに言葉が継げない。彼女が綴った詩の美しさ、そして恐ろしいほどの残酷さ。

このすべてを理解した時……果たして自分はイヴェテを受け容れられる、だろうか。

呪いによって失われつつある理性の、中で、本能から彼女を信じられるのか。

「君の英雄は、俺だ」

自分を奮い立たせる言葉を吐く。短刀の柄を握りしめ、自分の心が動く理由を問う。

分かっていたはずだ。でもこんな気持ちになるのなら呪いに抗わなければよかった。

それでも、自分は生きねばならない。帰りを待つ皆のもとへ、俺は、帰るん、だ。

イヴェテは驚いたようにも寂しそうにも見える表情で「大好きだよ」と小さく言った。こんなに耳ざわりのよい言葉は初めてだった。怖いほど誰かに触れたくなった。

その夜はイヴェテの胸で眠った。彼女に抱かれる温もりに久方ぶりの微睡《まどろみ》を感じた。

F

やさしいおばあさんにあいました。

めのないおばあさんはものしりでした。

おばあさんはわたしにしらないことをたくさんおしえてくれました。

それはことばでした。

わたしはことばをしりませんでした。

わたしはこころもしりませんでした。
わたしはおばあさんから生きていくためにだいじなことをおそわりました。
おばあさんはわたしがちゃんと生きていけるようになるまでおいてくれました。
おばあさんはわたしをかみさまだといいました。
わたしはおばあさんがだいすきです。
かれのこともだいすきです。
おともだちもだいすきです。
ずっといっしょがよかったけど、それはできないとおばあさんはいいました。
おばあさんはふぇっふぇっふぇとわらってわたしをみおくりました。
おばあさんのにくのつばさは、とてもきれいでした。

9

静けさが漂っている。何もかも死んだように静かな花畑が広がっていた。吹き込む風に揺れる花々。きっと色とりどりの花が咲いてお伽話に謳《うた》われるような風景なのだと思う。もう、色はほとんど分からない。白と灰と薄紅色の世界が自分のすべてだ。

ただその中で奇妙な物が目を引いている。花畑の中央に巨石が浮いているのである。小さな泉に囲まれて、花をつけた木々がそれを包む。神聖な気配がそこにあった。イヴェテに導かれたのは、彼女が〝花園〟と呼ぶ場所。神様のいる土地だった。

「私の巣までようこそ、ザクサ」

落ち着いた声だった。彼女が契りという言葉を口にしなくなってから見せるようになった穏やかな笑みをたたえて、イヴェテはザクサの手を取って歩みを引く。すでに自分がどうやってここまで来たかもおぼろげである。酒気を帯びたような感じが自分の体に行きわたっている。

イヴェテの後ろ姿を追いながら巨石の前までやってきた。緋色の深い瞳に促されその裏側へ回り込むと、ぼろの毛布に覆われた白っぽい塊が落ちていた。訝《いぶか》しみながらよく見ると四本の脚があり、呼吸しているようにその付け根が上下している。

「黄鱗獣よ」

イヴェテが言った。

「あなたが探していたのは、きっと、この獣よね」

にわかに信じがたい姿だった。今にも息絶えそうに横たわるこれが探し求めた伝説の獣だと。頭の角は著《いちじる》しく萎《な》え、鱗がいくつも剝がれ落ち、産毛のような体毛が貧しくそこから生えている、死にかけの老獣ではないか。

「これが、あの……」

息をのみながら思考する。これを殺せば、自分はヒトに戻れる。皆のところへ帰れるのだ。腰の鞘に手を伸ばす。イヴェテは止めようとしなかった。

「……帰るんだ、俺は、生きて帰るんだ」

短刀を引き抜いたその時である。殺気。感じた時にはザクサの体は巨石を囲う木々を貫き、花畑へ飛ばされていた。腹部に猛烈な痛みが襲う。乱れた視界をなんとか正すと、木々の向こうから悠然と伝説の獣が姿を見せた。

黄鱗獣が、目覚めたのである。巨軀《でか》い……これまで相手にしてきた黒獣を凌駕する圧倒的な肉体をその獣は持っていた。獣の王。鬣《たてがみ》を靡《なび》かす威容は、まさにその呼び名こそ相応《ふさわ》しい。もはや瀕死の老獣ではない。奴は匂いを通じてこちらに警告している。

――俺ノ縄張リカラ出テイケ。

獣共は侵入者に容赦しない。ならばこの警告を無視すれば、後は想像に難くない。

ザクサは刃を構えて身を低くする。五感を澄まして大気の揺らぎを知覚する……。とてつもなく永い一瞬が横たわる。花びらの落ちる音を聞き、二頭の雄は交差した。

爪の初撃。刃で払って懐に潜ると、黄鱗獣は驚異的な反応で身を翻す。予備動作が無い。大顎でザクサの脇腹を喰い切った。呻きが漏れる。鱗の一部を削られた。だが好機、首元にしがみつき刃を突き通す。硬い鱗と分厚い皮が守る首は少しの血を流しただけで動きを止めるに至らない。ザクサを振り落とそうと身を大きく躍らせる。

「ぐあ、ぬうっ」

黄鱗獣が暴れるたびに鱗で体が切り刻まれる。あまりの激痛に短刀の柄から手を離してしまった。宙に放り出されるザクサを狙って黄鱗獣が尾を叩き込む。横面を捉えた衝撃はヒトの身で考えられない回転を起こし、地表をえぐった。

花弁がわっと舞い上がる。……ザクサは死んでいない。咄嗟に左腕を出さなければ自分の頭蓋は左腕のように砕け散っていただろう。……強すぎる。呪いの力を使えば倒せるなんて考えは甘かった。たとえ弱体化していようと伝説は伝説、最初《はな》から格が違う。あの日イヴェテが黒獣を嗜虐《しぎゃく》していたのを思い出す。獣は神に敵わない。

……それでもだ。

「俺は、死なない。死んじゃあ、いけない」

折れた腕を庇いながら立ち上がる。目の前が白くなったり黒くなったりしている、少し血が出すぎたらしい。倒れぬように歯を食いしばった。自分を支えているのは、仲間の顔、橋での日々、惚れた女とその家族……思い出を背にしてザクサは猛《たけ》った。

「こんな所で、くたばってたまるか……俺は、英雄になる男だぁあッ‼」

血だらけの身に獣の王が喰いかかる。ありったけの力を込めて、拳を突き出す。

肉が激しく裂ける音——黄鱗獣は、口から大量の血を吐いた。

「知恵の賜物《たまもの》、舐めんなよ」

右腕を嚙まれたまま、にやりと歯をちらつかす。

拳の中に、鉤縄の爪を仕込んでいた。黄鱗獣の舌や喉を鉄爪が切り裂いている。悲鳴を上げて逃げたがる黄鱗獣をザクサは決して許さない。嚙まれた腕を更に突きこみ、流れ出る血を飲ませてやる。しだいに黄鱗獣の目つきがぼやけ、動きも鈍くなる。

「……………美味いだろ、俺の血は」

ザクサは多量の莱姆酒を飲んでいた。イヴェテが好んだ酒の味がする花の蜜。この楽園にはその木が生えている。ならば奴も好むだろう、俺から洩れる酒の匂いを。

少量で黒獣の神も酔いどれるザクサの莱姆酒。それが回った体の血肉を喰ったなら。酔わずとも呪いで意識が危うい身、戦い前に飲んだとて体調になんら影響はない。

「誇り高き獣の王よ、夢見心地の中で逝け」

黄鱗獣の喉元を、抜いた短刀でさくりと薙《な》いだ。どう、と音を立て巨体は花の中に沈んだ。自分も同時にくずおれる。満身創痍だ。……笑えてくる。探し求めた伝説の獣をついに倒してしまったのだ。休む間もなく痛む体を励まして、身を起こす。

（宝玉を……）

短刀を口にくわえて膝を立てた時である。死んだはずの黄鱗獣が蘇り、ザクサに覆いかぶさってきた。

あれだけの血を流しながら、なんて生命力だ。黄鱗獣は鬣を垂らしてザクサの上にのしかかる。全身がめりめりと潰れていく。痛みのあまり意識が飛びかける。

「がぁ、あああ……!!」

必死で喘ぐが動けない。淘汰競争の最頂点。こんなにも強いなんて。負ける、死ぬ、殺される。絶望の果てに冷静な刹那が訪れる。……その腹に、古い傷跡が目についた。

「ウィダム！」――女の声がした。瞬間、黄鱗獣の動きが止まった気がした。

視軸を向けると、長巻を手にしたイヴェテが、震えながら立っていた。

「私が相手だ！」

刃先が定まっていない。彼女は真っ赤な瞳を涙で濡らして、黄鱗獣に切りかかった。その太刀筋は目を疑うほど稚拙であり、かつての流麗さは微塵もない。黄鱗獣の巨体の前にはかすり傷も入らない。なのにイヴェテは声を張り上げ、黄鱗獣に刃を振るう。

「なんで……イヴェテ」

彼女の名を絞り出す。何度固い鱗に弾かれても攻撃をやめない。そんな彼女に黄鱗獣の眼光が、移った。ザクサの上から退いた巨体がイヴェテの方へと向かっていく。

長巻を振って対抗するイヴェテの膝は、震えているではないか。

どうして。黄鱗獣と向かい合う彼女に不毛な問いをしてしまう。

「君が攻撃しているのは……君の番じゃないか」

ザクサは知っていた。黄鱗獣は、イヴェテの番の獣である。

すべて、イヴェテの詩に込められていた。

――私を置き去りにした彼の匂いを忘れられない。彼への想いは今も消えない。

イヴェテは、黄鱗獣を愛している。悲痛なほどの心情が詩歌に仮託されていた。

ではなぜ自分を黄鱗獣と戦わせたのか。なぜイヴェテと黄鱗獣は争っているのか？

理解ができない。自分にはない感情を黄鱗獣に向けているのだ。

分かった事は、自分は戦わなければならない。自分が命を繋ぐために。

そして悟った。この戦いは雌を取りあう雄同士の紛争という構図なのだと。とんだ茶番にあるまいか。自分は、雌がより強い雄を選ぶ競売にかけられていたのだ。

彼女の唄を読み解いてこの答えに至った時、心からの悲憤と軽蔑が湧いた。

他者の命と心をもてあそぶ彼女に嫌悪を覚えた。

自分は、彼女の欲求を満たすために利用されていただけなのだ。

……なのに、なぜだ。どこかに違和を感じる。今、絶望的な力の差を前にしてなお自分を庇い、黄鱗獣に立ち塞がる彼女の背中が……嬉しくてたまらない。黄鱗獣の攻撃から懸命に自分を守るイヴェテの姿が涙で滲む。どうして！　叫びが漏れる。

「ザクサ」

イヴェテは振り返らずに名前を呼んだ。

「私ね、あなたとの旅が本当に楽しかった。あなたがくれたヒトの生き方、考え方、おいしい食べ物の作り方……私、ヒトとしてのあなたに出会えて心から幸せだった！」

「……何を言っている？」

思い出を語り出す彼女にザクサの思考が追い付いていない。イヴェテは続ける。

「本当の私は神様じゃない。本当の私は、ただの獣。呼ぶならそう……白鱗獣《はくりんじゅう》」

白子症《アルビノ》。彼女が生まれ持った性質である。体の色素が生まれつき不足し、そのため真白な見た目と、赤い瞳が特徴となる。イヴェテは語った。かつて自分は四足で地を這う普通の獣だった。白いという希少性に雄共はイヴェテを欲しがり群がった。

そして彼女を番に勝ち取ったのが、突然変異で大きな体躯を持った個体、黄鱗獣《ウィダム》。

「それが、どうしてヒトの姿に」

「呪いよ。私もあなたと同じ、シメオンの呪いで獣からヒトに変わった存在」

「まさか、そんな偶然が」

「ヒトの雌とキスしたの」

黄鱗獣は横暴だった。イヴェテを力で支配するのを好み、服従させた黒獣に餌を集めさせていた。ある日、黄鱗獣に珍しい餌が届けられた。生きたヒトの娘だった。あろうことか黄鱗獣はヒトの娘に情けをかけた。だが、娘は呪いを体に抱えていた。娘に触れた黄鱗獣は床に臥せった。娘は黄鱗獣の腹に刃を入れて、苦痛の根源を取り出した。

苦痛を除いてやった娘は、力を使い果たした黄鱗獣を置き去りに巣から逃げた。

その娘が手に入れた物こそ、下界につたわる伝説の宝玉〈黄鱗獣の胆石〉だった。

イヴェテは黄鱗獣に閉ざされていた。娘はイヴェテを解放してくれた。何も知らずに黄鱗獣へ駆け寄ると、彼は気を違えていた。生物としての機能が、失われていた。

イヴェテは自らの子を望んでいたが、黄鱗獣の悲運によって叶わなくなっていた。

「黄鱗獣の暴力は苛烈さを増した。そして気づいた。彼は呪いで苦しみ暴れていると。私も発現してから分かった。これは単なる呪いじゃない。もっと特異な事象……」

鱗が剝がれ、産毛が生え出し、体が小型化し、足が二本で機能する……。

「進化っていうらしいね。私達の呪いはさしずめ、シメオンの羊水と呼ぶべきかな」

そう言って髪を上げた彼女の後頭部からは黒獣の角が消滅していた。

体表を鱗で覆い、四本の脚と尾、そして背骨を持つ黒獣は、生物学上の定義なら爬虫類に分類されよう。爬虫類は、ヒトの属する哺乳類との間に隔てる他の種族がない。

ヒトは受精卵の発生から誕生までに生物史の足跡を辿る。魚類から両生類、爬虫類、哺乳類……ヒトへ。二人の身にかかった呪いは遺伝子に変調をもたらした。

イヴェテは進化を、ザクサは退化を、それぞれ果たしかけている。

ザクサが黒獣化したように、イヴェテは最早《もはや》獣の力を無くした、ただのヒトだ。

「黄鱗獣は醜いヒトの姿に変わる私を追い出した。不完全な呪いのせいで変形しそこなった骨と肉の苦痛から生じる怒りを撒き散らすように」

　ザクサも感じる変化の痛み。それが無限に続く地獄。発狂する気持ちは分かる。

「何が起こっているのか当時の私は分からなかった。感情を言語化する力が無かった。ただ孤独で真っ暗な世界をさまよい続けた。体が変わる恐怖を感じる事さえできず、自分と同じ姿のヒトという種族が暮らすという下界を目指して歩きつづけた」

　かつての美貌も変わり果て、黒獣共はイヴェテを敵と認知した。呪いで力の制御が外れた彼女に奴らを屠る事など容易であった。あれほど自分を求めた雄達が、イヴェテが姿を変じた途端、牙を剝いて攻撃してくる。味方など、どこにもいなかった。

　ある日、嗅いだ事のない匂いを感じた。黒獣とヒトが混じった不思議な匂い。見つけたのは、自分と同じヒトと獣の境界にいる雄ではないか。

「暗闇の中でようやく出会えた希望の光。それがあなた、ザクサよ」

「俺が、君の……？」

「あなたを見つけた時、私はとても嬉しかった。私は独りぼっちじゃないんだって」

　だけどそれを告げられなかった。怖かった。知能が育つに従って覚えた感情、それは〈恐怖〉だった。ザクサに見捨てられるのが怖かった。また孤独になるのが嫌だった。だから言えなかった。自分の保身が、ザクサを孤独にさせると知りながら……。

黄鱗獣の攻撃は止むことを知らず、すでに傷だらけのイヴェテの動きは限界が近い。

——それでも、とイヴェテは言った。

「あなたは優しかった。どんな時でも自分を信じて、正しさを私に教えてくれた」

彼女の心は分からない。ただ理解できた言葉がある。イヴェテはこちらに向き直り、あの詩の三段落目を唱えると、頬から光の粒を花に降らせた。

——あなたは私を照らす夜明けのようなヒト。姿を変えるあなたの心は私が守るよ。

「私は、あなたと共に生きていきたい。ザクサ……あなたを愛しています」

黄鱗獣の爪がイヴェテの長巻を破壊した。よろける彼女に黄鱗獣が牙を剝く。

だが口から伸びた鉤縄がぴんと張り、黄鱗獣の動きが止まった。

ザクサが、縄を握っていた。

「おい獣……俺の番に手を出すな」

彼女の心の穴を埋めるため、自分は利用されていた。

それでもよかった。周りが離れていく中で、醜い姿で死んでいこうとしていた自分。

そんな自分を好きだと言ってくれたヒト。彼女を突き放すなんて、できやしない。

「イヴェテ」ザクサは声を振り絞る。

「ザクサ」返事があった。

白い体は傷にまみれて、息も絶え絶えとなったイヴェテ。この無数の傷は、ザクサを守ろうとしてくれた想いの証左《しょうさ》に他ならない。熱いものが心の芯から沸き上がる。

「運命よ、俺達が生きる邪魔をするな」

狂乱の黄鱗獣はザクサがつけた傷と呪いで苦しみ続けている。すでに死んでもおかしくない状態でなおも呼吸を続けている。その苦痛は想像を絶する。

ザクサは短刀を口にくわえて、集中する。

（一撃だ……）

全力を込められるのは、あと一回の動作だけ。

全身の骨が折れている。これ以上やれば自分も絶命するだろう。

次の一閃にすべてを懸ける。だが……隙を作らねば、奴は狩れない。

黄鱗獣が咆哮を上げ、突進してくる。その気迫に微塵の隙も見当たらない。

だが、行くしかない。ザクサは駆った。最後の一撃が衝突する。

その時だった。

「お願い、彼を楽にしてあげて」

（あ……）

イヴェテが自分の前に割って入った。

大顎の牙が、イヴェテを喰った。

黄鱗獣は彼女の体を食い破り、宙高く放り投げる。

花びらのように舞うイヴェテの白と赤。

世界の景色が凍結する。

次の瞬間、猛烈な熱が呪いの脈管から噴き上がった。痛みは消え去り、力が溢れ、奴を倒すためのすべてが総身から溢れ出す。ザクサは千切れかけの右手で刃を握り、渾身の力で黄鱗獣に襲いかかる。頭部を高く掲げた黄鱗獣の喉は無防備に晒《さら》されていた。燃え盛る全身は火球のように空を切る。駆って気づいた。音が、俺を追ってこない。ヒトを辞めたと悟ったのは、黄鱗獣の首が胴から離れた時だった――。

「あ、あぁ……イヴェテ、イヴェテ……」

彼女の傷は深かった。ザクサは急いだ。宝玉ならばどんな傷や呪いもたちまち癒す。黄鱗獣の腹を割いて臓物をあさる。だが胆石などどこにもない。都合よく胆嚢の結石なんてものが生成されているはずがなかった。

残酷だ。ザクサは大きく天を仰ぎ、吠えた。もしも自分らを見下ろす存在がいるのなら、どうしてこうもむごい仕打ちを与えるか。ただ普通に、生きたい、だけなのに、なぜ生きる事で、苦しまねばならぬのか。鱗で覆われた腕でイヴェテの体をつよく抱く。

「どうか神様、俺はこのまま死んでもいい！　彼女だけは幸せにしてください！　俺の命をあげるから、イヴェテを連れてかないでください！　神様どうか、お願いだ!!」

黒獣化の呪いは声帯まで到達した。その声はもうヒトの頃のものではない。それでも、ザクサは叫び続ける。どうか、生きていてほしい、ど、うか、どうか、どうか……。

「うるさいなぁ……ザクサ、寝てただけだよ」

すると、胸の中で声がした。……イヴェテが目をあけたのだ。両の眼から、腹から、感情が止まらない。イヴェテは迷惑そうに耳をふさいだ。そしててれくさそうな笑顔をうかべた。

「……………そっか。ウィダムはタマなしだったかぁ」

ぶっきらぼうな言い方でイヴェテは骸《むくろ》をじっと見て、かつて愛した番に向けて黙礼をやる。丁寧で無駄のない、教えた通りの、やり方だった。くるりと白袖が翻る。

「ザクサ、その宝玉があると呪いが解けるのは、なぜだと思うの？」

花に埋もれるザクサに、どうにもかるい口ぶりだ。首をかしげるイヴェテに答える。

「……宝玉は、邪悪な気をとり払うと。胆石がそれだと言うのなら、つまりは……解毒作用、血清になるんだと思う。黄鱗獣の体液で作られた結晶ならば」

「そう。だったら……これならどう？」

そう言って、イヴェテは前髪をためらいもなくかき上げた。

彼女がひた隠しにし続けた、右眼の傷跡を目の当たりにして、言葉をのんだ。

「私の体液で結晶化した、この宝玉。きっと同じ効果があるんじゃないかな」

イヴェテの右眼は、緋色に輝く結晶で覆われていた。爪で裂かれたような傷跡に、美しく透き通った赤い水晶が癒着している。イヴェテは微笑みながらザクサにつげた。

「取っていいよ。私の右眼、ザクサにあげる」

そして、短刀を手にとる彼女。ザクサは、声をうしなった。まさか、そんな。

「駄目だ、イヴェテ。君の顔に刃を立てるなんて、そんなの」

彼女も深手を負っている。目をえぐり出すなんて、とうてい耐えられると、思えない。

それなのに、イヴェテは、にんまり笑って二本指をこちら、にみせる。

「大丈夫、私は神様、強いんだから」

「駄目だ、イヴェテ、それだけは駄目だ」

潰れた両手を、必死で、うごかし、彼女をとめようとする。言葉も、うまく喋れない、獣の、うめきのようにしか、ならない。ザクサは、獣化して、いく、意識に抗い、イヴェテのために理性を支え、る自ぶんで、わかる　ヒトとして、のザクサはまもなくくちる　時間はとうにすぎている　だけどやってはいけない、それだけは　許しちゃ　いけないとおのれの魔獣を、くみふせつづける　イヴェテはわかってるよと　えがおでいった
「ザクサ、今のあなたも素敵だよ」

ああぁ　俺は、オレは、おれは　おえあ――

「きみのことをあいしているんだ」

――唇にその一言を告げさせて、花の香りを地面で感じた。優しい指が頬に触れる。

記憶の中で結びつく。彼女からする甘い匂いは、この花畑の香りなのだと。

まどろみのなか溶暗《ようあん》してゆく灰色の世界で、温かな瞳がこちらを見ていた。


〜

紡ぎ手は歌う　絶えぬ命の物語

明ける光の微睡みに　旅人は往く　花の香るる楽園に　風の名を付く
獣は辿りて道を求める　遥か先なる足跡の祈り

旅人織り成す言霊《ことだま》に　星霜の声　世界望める神々は　微笑みを与う
獣は辿りて道を遺して　かすか消えゆく花園の香を

夢幻《ゆめまぼろし》の花と咲き　永久《とわ》に散らせし語られる命の名前を　英雄と呼ぶ
運命《さだめ》の滴をもたらして　紡ぐ命の種子《たね》の芽を
捧ぐ命の種子《たね》の灯を

そこにひとつの番があった。黄金の毛並みを持つ者と、白亜の姿をした者と。
天は彼らに滴を授けたもうた。命の果実をその木にならせ花園《ルルディ》をいろどった。
花園はやがて新たな命の果実をならす土地を求めて広がり続けてゆくだろう。
その花園は、いつも互いを本能から求めあう仲睦まじい獣《ベイスティア》たちの姿があった。

クライマーズ・ドリーム

武石勝義

武石勝義（たけし・かつよし）

1972年東京生まれ。

2018年より小説を書き始めて、Web投稿サイトを中心に活動。

『夢現の神獣　未だ醒めず』（新潮社・刊行時『神獣夢望伝』に改題）で日本ファンタジーノベル大賞2023を受賞して、商業作家デビュー。

重度のヘビースモーカーで、趣味は自転車に乗って喫煙可の喫茶店を探し回ることと、贔屓の川崎フロンターレをはじめとするサッカー観戦。カレーライスをこよなく愛する。

1

浮き上がった血管のような紋様に覆われた管が、天井の隙間から何本もぶら下がっている。

管の太さは痩せ細った子供の二の腕程度のものから、成人男性の腰回り以上のものまでまちまちである。どの管にも共通しているのは、時折り思い出したようなびくびくとした蠕動《ぜんどう》が、表面に浮き上がって見える様だ。その動きを見逃すまいと、周囲の人々は息をひそめてグロテスクな管から目を離さない。

やがてとりわけ太い管が、誰の目にもわかるほどの大きな動きを示した。太い管は途中を若干膨らませながら、中に詰まった内容物を上から下へと運んでいるとわかる。

その膨らみに、老若男女問わず大勢の人々が殺到する。

誰の目も血走っている。最初に膨らみに達した中年女の爪の先が、管の表面に突き立てられた。ぐじゅりという音と共に、潤滑油のような液体が力なく噴き出す。すかさず傷つけられた管の奥に手を突っ込んだ女は、やがて取り出した肉塊を見て歓喜の表情を浮かべた。

　だがその笑みは長く続かない。後ろから若い男に後頭部を殴りつけられて、女が悲鳴と共に地べたに倒れ伏す。同時に彼女の手から落ちた肉塊は、男の背後からこっそりと這い出た老人が掠《かす》め取っていく。

　男女に目もくれず、肉塊を抱えたままその場から逃げ出す老人。その背中に若い男が怒声を浴びせる。中年女は頭を抱えて蹲《うずくま》ったまま。

　そして三人をよそに、管に飛びかかる者。中から肉塊を引き出す者。またそれを奪い取ろうとする者。

　管の周りで繰り広げられる阿鼻叫喚は、ここ――「柱」の中ではありふれた日常だ。ここが「柱」の何層かも知ることのない、だが生まれたときから棲まう住人たちにとって、天井から床へと何本も垂れ落ちた管を伝う肉塊が、唯一の日々の糧《かて》なのである。

　弱肉強食を凝縮したような争いを、物陰から暗い目つきで眺める人影があった。

　まだ小柄な、年端《としは》もいかない少年だ。食糧の匂いにつられて、思わず物陰から飛び出しかけた彼の肩を、別の手が摑んだ。

「駄目だよ、ウラト」

　共に物陰に隠れていた少女に制されて、ウラトと呼ばれた少年は悔しげに踏みとどまった。ウラトは俊敏さや敏捷さには自信があるが、いかんせんまだ体格が小さい。あの争いに参加しようにも、あっという間に弾かれて蹴散らされてしまうことは目に見えていた。

「ちくしょう」

「どうせろくなものも残らないよ。それよりは細い管に当たりをつけよう」

「……わかった。ヒムナがそう言うなら」

少女に促されて、ウラトは渋々と頷いた。少年と少女――ウラトとヒムナは、物心ついたときから共にある。親という言葉も知らない、他に導く者のなかったふたりの間で、ともすれば無鉄砲になりがちなウラトを諌《いさ》めるのは、いつもヒムナの役目だった。

ヒムナの言う通り、天井から垂れ下がる管は他に何本もある。十分以上の糧食を手にするとすればあの太い管からだが、細い管の中にも残り滓《かす》程度であればたまに食い物が見つかることがある。

ウラトと少女は、そういう細い管の中身を喰らって生き延びてきた。

管は、引き裂けばびちびちと跳ねるし、中身を引きずり出そうとして逆に管の中に引きずり込まれそうになったこともある。そしてどんなに表面をずたずたに引き裂いたとしても、いつの間にか歪《いびつ》ながらも原形を取り戻している。

物心ついたときから天井から垂れ下がっている、この何本もの管はなんなのだろうと深く考えたことはない。管の膨らみを破いて取り出したものを喰らえば腹が膨れるのだという、その程度の認識だ。

ただいつ頃からか、ウラトは直感的に確信していた。

この管は、生きている。

管だけではない。自分たちが棲まうこの階層も、きっと管を含めた巨大な生き物の腸《はら》の内なのだろうと、ウラトにはそう思えて仕方が無かった。どんな生き物だとかは言葉で言い表せない。ただ自分たちと同じように生きているのだろう、おそらくはこの「柱」自体が巨大な生物なのだ。

もっとも生きているものとそうでないものの区別とはなんなのかと問われれば、ウラトには曖昧だ。はっきり言い切れるとしたら、食を巡る争いで傷ついたり飢えで動かなくなった輩《やから》の肉体は、もう動き出すことのない亡骸《なきがら》ということだけであった。

「上層に上がれば、もっと腹いっぱい食い物が食えるだろうに」

悔しそうに呟くウラトを、ヒムナが慰める。

「無茶言わないで。大人たちが上に昇ろうとしても、叩き落とされるか殺されるかなのに。ウラトじゃひとたまりもないよ」

糧食は管を経て上層から下層へと運ばれる。ならばきっと上層の連中は、もっと様々な食い物をたらふく喰らっているはずだ。「柱」の住人は当然そう考える。その内の何人かは上層を目指し、その都度上層の民に蹴散らされる。この「柱」には堅牢な階段があるが、通路としての役割を果たすことはほぼない。階段は、上層の民と下層の民の熾烈《しれつ》な争いの場である。

「上層を目指せるのは、内階段だけじゃないだろう」

そう言ってウラトは、「柱」の外周に当たる壁に目を向けた。彼の視線の先には、分厚い壁を綺麗にくり抜いたかのように、ぽっかりと空いた穴があった。

ウラトたちが棲まう階層には、外に突き出たバルコニーがある。外壁に沿って設けられた簡素な階段の途中、気紛《きまぐ》れに据えつけられた踊り場と呼んで差し支えないそこは、常に強風が吹きすさび、気を緩めればあっという間に奈落の底に吹き飛ばされてしまう。

かつて壁に爪を立てながらバルコニーから仰ぎ見た「柱」の高さを、ウラトは忘れられない。天高く聳《そび》える「柱」の先はぎっしりと敷き詰められたような雲の中に埋もれて、いったいどれほどの高さなのか見当もつかなかった。

一方で足元に広がる靄は、地表を埋め尽くしている。靄の下に何があるのか、少しでも窺うことはできない。その後も何度かバルコニーに顔を出して、ウラトは雲に突き刺さるように聳える「柱」の先と、靄の中から生える足元を確かめた。

「外階段を昇っていくなんて、無理だよ」

ヒムナは怯えた顔で言う。

「あんな風の強い中、一歩踏み外したら真っ逆さまなんだよ。しかも地表にはクリーチャーがいっぱいいいるんでしょう」

「そんなこと言ったって、クリーチャーはもうすぐ下まで迫ってきてるっていうじゃないか」

ウラトの反論に、ヒムナは口を噤《つぐ》んだ。クリーチャーが徐々に「柱」を浸食し始めているという噂は、大人たちの会話を小耳に挟んで知ったことだ。

ウラトは実際のクリーチャーというものを見たことはない。だが聞いた話によれば、一見したところは頭がひとつに手が二本、足が二本という点は自分たちと同じだが、それ以外は似ても似つかないという。

「あの靄も日に日に迫《せ》り上がっているように見える。あんな気色悪い靄に飲み込まれる前に、俺は上層に行きたい」

「ウラト」

少年の決意は、もはや押し止めようもない。少女の言葉には、そんな諦観があった。

2

ついに二層下までクリーチャーが現れたらしい。大人たちが陰気な顔で交わす噂話を聞きつけたウラトは、これ以上この階層にとどまってはいられないという決心を強くした。いよいよ外階段から上層を目指すしかない。

彼はヒムナにも共に来ることを願ったが、少女は小さく頭《かぶり》を振った。

「どうして」

ここに居続けてはいずれクリーチャーに襲われるか、靄に飲み込まれるしかない。ウラトは当然ヒムナも同行するものと思っていたが、ヒムナは頑《かたく》なに拒んだ。

「私がついていっても、足手まといにしかならないと思う。ウラト一人なら、もしかしたら上に行けるかもしれない。だからウラト、私の分まで、上層を目指して」

ヒムナは置いていかれる者の悲壮がウラトに伝わらないようにだろう、努めて明るい口調で告げた。ウラトに比べて、ヒムナは明らかに体力的に劣る。冷静に考えれば彼女の言う通りであることを、ウラト自身も認めざるを得なかった。

「代わりにってわけじゃないけど」

そう言ってヒムナが手渡したのは、どこからか拾ってきたのだろうか、鉄製のリングだった。ウラトが中央の穴に左手を通すと、そのままリングは二の腕の辺りでぴったりと嵌《は》まった。

「私とお揃い」

ヒムナも自らの左腕に嵌めた、ウラトのそれよりは少し径の小さいリングを示して、微笑んだ。

「お守りになるかもわからないけど」

「大事にする」

ウラトはリングが外れてしまわないよう、さらにぐっと押し上げた。

「気をつけて。無理だと思ったら、いつでも引き返してね」

「なんとしても上層、それも一足飛びに十層ぐらい上にたどりついてやる。そしたら山ほど食いもん抱えて戻るよ。それに上層に行けば、ヒムナでも上に行けるような方法が、何か見つかるかもしれない」

万に一つも果たせそうにない約束であることは、お互いに承知していた。だが今まで一時も離れることなく寄り添い続けてきた二人が決別するために、その会話は必要な儀式だった。ヒムナはウラトの言葉に嬉しそうに頷いた。

少女に頷き返したウラトは、それ以上後ろを振り返らずに壁の穴に向かった。

穴からは、潜る前からして既に風が強く吹きつけていた。抗うように身を屈め、一歩ずつ前に踏み出し、ついに潜り抜けると、そこに広がるのは呆れるほどに広大な空間。

　仰げば分厚い灰色の雲が延々と四方に垂れ込めて、地平線まで埋め尽くしている。地平線の下半分に立ち込めるのは、上空の雲とはまた異なる色合いの、汚れ混じりのような白い靄。

　風に流される靄の隙間に、何やらまっすぐに伸びるものが覗いたような気がして、ウラトは一瞬下方に目を凝らした。だがすぐにまた分厚い靄に隠されて、何も見えなくなった。結局目の前に広がるのは上下とも灰色に染まった、ただそれだけの、膨大なくせに閉塞感に充ち満ちた「無」でしかない。

　そこには希望も絶望も見出せない。この「柱」以外には何も無いのだということだけを、見る者に思い知らしめる。この景色を見て、高揚する者など誰もいないだろう。ウラトもまた、無に満たされた茫漠《ぼうばく》を目にしても、心躍らせることはない。彼の関心は仰ぎ見た上にしかなかった。

　バルコニーから見上げる「柱」は、ひたすら真っ直ぐ天に向かって伸び続けている。雲に突き刺さるまで、その外観はどこを切り取っても同じようなのっぺりとした白一色だ。だが目を凝らせば、「柱」の白い外壁に心細げにまとわりつくような、これも白い階段が螺旋《らせん》状に連なっていることが見て取れた。

階段は一段ごとに壁から突き出した板、というよりも「柱」のスケールを考えれば棘のようなものだ。当然手摺りなど無い。四六時中強風に晒《さら》される中、こんな頼りない階段を昇ろうという者は、「柱」の住人でもそう多くはなかった。

実際自分以外に外階段を昇ろうとした者を、ウラトは二人しか知らない。その一人はウラトが壁の内から眺めていると、やがて強風に煽《あお》られて叫び声を上げながら虚空へと吹き飛ばされていった。もう一人の行方は知らない。一人目と同様に途中で足を踏み外して、靄の下まで落下してしまったのかもしれない。だがもしかしたら無事に上層にたどり着いて、今頃は美味いものに囲まれているのかもしれない。

彼が行方知れずのままであることは、ウラトにとって一縷《いちる》の望みでもあった。ならば自分は上層にたどり着く二人目になる。バルコニーの端から壁沿いに伝う階段を認めると、ウラトはついに最初の一歩を踏み出した。

3

最初の一枚に足を乗せた途端、気紛れな強風が横から吹きつけた。

「うあっと」

壁に叩きつける向きであることは、むしろ幸運だった。前後からの風だったら、とっくに足を踏み外していただろう。ウラトは階段の端と壁に左右の爪先を引っ掛けて、なんとか姿勢を保った。やがて風が弱まったことを確かめてから、そろりそろりと歩を進める。

辺りには鳥の一羽すら見当たらない、上も下も灰色一色の空間に、ただ一本聳える白い「柱」。その外壁を、ウラトは慎重に昇っていく。もし「柱」を傍目から眺める者がいたら、ゆっくりと這いずる虫けら程度には見えたかもしれない。

――焦るな。ゆっくりでいい。少しずつ昇るんだ――

小柄な彼は、風に煽られやすい。その分しっかりと踏板を掴み、また壁のわずかなひびや亀裂を見逃さずに爪を立てて、吹き飛ばされないようにしないといけない。それがわかっていたから、彼はこれまで指先まで握力を鍛えに鍛えてきた。しっかりホールドさえできれば、小柄で軽いということはメリットになる。

――慌てて一気に昇ろうとするな――

「柱」はいつからこうして聳えているのかわからない。何年前か何十年前か、それとももしかすると何百年も前からだろうか。当然外壁のみならず、階段そのものも外気に晒され続けて劣化している。今のところ崩れ落ちるほど脆《もろ》い階段はないが、いかにウラトが軽いとはいえ、飛び跳ねたりすればあわやという気配がある。

おそるおそる一段ずつ進みながら、二層分ぐらいは昇っただろうか。そこでウラトの目に、何やら異物が映った。

「なんだ」

思わず目を細める。今まで一度も見かけたことはないが、やはり「柱」の外を飛び交う何かがいるのだろうか。ウラトは一段ずつ近づいていく内に、やがてその正体が判明した。

踏板に引っ掛かるそれは、骨と、その周りに幾ばくかこびりついた肉と皮の残骸だった。足を止めたウラトが再び見上げれば、ちょうど上に連なる階段の二枚ほどが欠けている。先に外壁を昇ろうとして行方知らずだった一人だろう。足元の階段が崩れ落ちて、たまたまその下の階段に引っ掛かったまま絶命したのだ。

ウラトは骨に足を取られないよう、それまで以上に慎重に踏板を踏み締めて、その先を行く。強風に吹き飛ばされないようしがみつきつつ一段一段と昇りながら、気がつくとウラトは、二枚板の欠けた階段の手前までたどり着いていた。

階段二枚程度の欠損は、ウラトが全力で跳躍して跳び越えられるちょうどぎりぎり——それも助走できたらの場合である。ここでは走って勢いをつけることなどできない。ウラトは踏板の上に蹲って、タイミングを計った。間違って向かい風の中をジャンプでもしようものなら、目も当てられない。

彼は待った。

ただ待つだけなら、いくらでも耐えられる。だが四方から万遍《まんべん》なく吹きつける風の中で佇み続けると、さすがに堪《こた》えた。激しい空気の流れが身体を包み込み、体温を奪い去っていく。いつまでも待っていては、凍えてしまうだろう。

それでもウラトは耐えた。ちょうど背後から彼を押すように吹く強風を待った。どれほどの時間をかけたかわからない。灰色の世界で時の経過を感じるには、垂れ込める雲の明暗から察するしかない。全身が強張ってきたような錯覚に陥りそうになったその時。

不意に背中に風を受けた。

来た！

身体が動かないとか言っていられない。ウラトは急速に全身の筋肉を覚醒させて、思い切るよりも前に、まるでバネが弾けるようにして踏板を踏み切った。彼の動きに合わせるように、強風が吹きつける。ウラトの小柄な身体は舞い上がるようにして、欠損の先の階段に見事着地して――同時に足元が崩れだした。

すかさず崩落寸前の踏板をさらに蹴り出し、もう一段前に手を伸ばす。しっかりと右手の爪先で摑んだ踏板にぶら下がったウラトの眼下に、ばらばらと崩れ落ちる欠片が目に入った。

4

ウラトはなおも階段を昇り続けた。

三日三晩、ほとんど寝食も忘れて昇り続けた。

その頃には体力も限界で、集中力を保つのもやっとだった。何度も足を踏み外して落下しそうになったが、その都度執念ともいうべき生存本能が、辛うじて転落から身を護った。風に吹き飛ばされないよう、転ばないように踏板や「柱」の壁にしがみつくために手も足も指先はぼろぼろで、両眼は容易に塞ごうとする瞼を驚異的な意志で持ち上げていた。落ち窪んだ眼窩の奥に嵌まった目玉は、それだけが不似合いにぎらついていた。

全ては腹いっぱいの食い物を手に入れるため――いや、それだけではない。

ふと「柱」の壁に左腕が触れて、硬いもの同士が擦れる音がする。二の腕に嵌まったリングを振り返って、ウラトにはさらに大切なものがあることを思い出した。

両手に抱えきれないほどの糧食を、下層に持って帰る。ヒムナと共にたらふく飯を食うのだ。

それこそが彼の真の願いだった。

上層から下層に食糧を持って帰ることなどできるのか。そもそも上層に本当に食糧はあるのか。それ以前にどうやって上層に入れば良いのか。

それが可能かどうかなどは、考えても詮無いことだった。無心に昇り続けて、その先の景色を目にしてから考えるほかなかった。

だから彼は昇った。

昇って昇って、ついに彼の目に一筋の希望が見えた。

階段の先に、踊り場のような広い足場があった。ウラトが旅立った階層にあった、手摺りのないバルコニーのような足場だ。あれと同じだとしたら、きっと壁には中に通じる穴が空いているに違いない。

あれから何層昇ったのだろう。十層か、もしかしたら二十層は昇ったかもしれない。それだけ上層なら、以前の階層とは全く異なる世界が開けているに違いない。

ここまで慎重に歩んできたウラトの足が、ペースを上げた。さすがに気が急《せ》いた。バルコニーの手前で、思わず足を滑らせそうになる。慌てて目の前の足場の端を摑んで、呼吸を整える。

そしてウラトはついに、バルコニーに立った。

壁を見れば予想通り、大きな穴が空いていた。だがその穴は頑丈そうな、おそらく鉄製の扉によって塞がれていた。ウラトはゆっくりと扉に近づくと、外に取りつけられた太い把手《とって》をおもむろに右手で摑んだ。

力を込めて、把手を引く。

だが扉は開かない。

そんな馬鹿なという思いでウラトは再び、今度は両手で把手を引いた。だが扉にはしっかりと鍵がかけられているらしく、多少ぎしぎしと音を立てるだけでびくともしない。

ここまで来て、上層に入れないなどということがあるか。なんとしても、中に入らなければ意味がない。扉にはのぞき窓の類《たぐ》いもついておらず、中の様子はうかがえない。この扉をこじ開けないことにはどうしようもない。

何度も把手を引き、蹴りつけ、体当たりし。それでも扉が開く気配はなかった。

ウラトは絶望のため息を吐き出しながら膝をついた。

我が身を危険に晒しながら、なんとか外壁を伝ってここまでたどりついたというのに、待っていたのはこの仕打ちか。「柱」の内の争いを避けるような小賢《こざか》しい弱者には、上層に踏み込む権利すら与えられないというのか。自分のようなちっぽけな輩の浅知恵など、「柱」は受けつけないというのか。

自分はただ、腹いっぱいの飯を食いたかっただけなのに。

ヒムナに美味しい飯をたらふく食べて欲しかっただけなのに。

バルコニーに尻餅をついたウラトは、既に体力を使い果たしていた。意気消沈した彼には、もはや動き出す力は残っていなかった。自分はこのままここで朽ち果てて、やがて強風に煽られてこの灰色の空間を舞う塵芥《じんかい》となるのか――

内心を自嘲で満たしていたウラトの耳に、錆びついた鉄が軋《きし》むような音が聞こえた。もしやと思って顔を上げると、目の前で固く閉ざされていたはずの扉が、少しずつ開きかけている。

散々扉に当たったのは、無駄ではなかった。きっと中の住人が、外の様子を見に来たのだ。これで中に入れるかもしれない……！

希望が灯り始めたウラトの瞳は、だが次の瞬間、驚愕に取って代わられる。

扉の開いた隙間から覗いたその人影は、二本の足で立ち二本の手があるところまでは彼と変わりない。だがそれ以外の外見は、およそ見たこともない異相であった。

長い顎《あご》、鋭い歯並び、金色の両眼の瞳孔は縦に長い。何より全身を覆うのは緑色の鱗《うろこ》、そして尻の辺りから伸びた太く長い尻尾。

ウラトは知る由もなかったが、その姿はまるで二足歩行する爬虫類そのものであった。

「なんだ、てめえ！」

異形の人影はウラトを見るなり、汚く罵《ののし》った。彼にも通じる言葉を発することが、かえってウラトに生理的な嫌悪感をもよおした。

「全身毛むくじゃらに、その手足の爪、短い尻尾。てめえ、下層からやってきたクリーチャーだな！」

クリーチャー呼ばわりされても、ウラトは口がきけない。ただ、キイキイという声が喉から漏れるだけであった。

自分のどこがクリーチャーだというのか。クリーチャーというのは、もっと全身がつるつるの気持ち悪い奴らだろう。なんならお前の方がよほどクリーチャーらしいじゃないか。この上層は、最下層から浸食しつつあるクリーチャーとはまた異なる、化け物たちに占拠されているのか。

思わず後退《あとずさ》るウラトに、異形の化け物は一歩二歩とにじり寄る。その手には太い槍のようなものが握られていることに、ウラトは今さらながら気がついた。

「ここはてめえみたいなクリーチャーなんかお呼びじゃねえんだよ。立ち去りやがれ！」

そう言って化け物は槍を容赦なく振り回す。ウラトには器用に逃げ回るような余力は、もはや残っていなかった。

槍の柄が、ウラトの鳩尾《みぞおち》に食い込む。その勢いのまま、ウラトの小さな身体はバルコニーから吹き飛ばされて、虚空へと舞った。

5

この世界は、どこまでいっても灰色なのだ。

落下しながら、ウラトの目に入るのは、やはり果てしのない灰色だった。上も下もない。右も左もわからない。灰色の世界の中、ただひたすら重力に引かれ続けているということだけが、ウラトの知覚できる全てだった。

落下し続ける中、ウラトは左腕に手を伸ばしていた。びっしりと生えた体毛の合間に、食い込むように嵌まったリングだけが、ウラトがまだ生を感じることのできる確かなものであった。

さっさと地上に衝突してくれと、ウラトは願った。もうこのリングをくれた彼女と会うことはかなわないのだ。彼女にたくさんの糧食を分け与えることはできないのだ。だったら見たこともない地上とやらに、自分の命を打ち砕いてほしかった。

「柱」の上ばかりを目指していた自分は、地上がどんなものだか想像したことすらない。きっとクリーチャーがひしめく、この世のものとも思えないようなところなのだろう。そんなものに囲われて嬲《なぶ》られるぐらいなら、その前に死んでしまう方がよほどマシだ。

落下に任せるウラトの身体は、気がつけば靄の中に沈んでいた。周囲が真っ白となった中で、ウラトはいつしか気を失っていた。

＊＊＊

瞼が、ひくつく。

固く閉じられていたそれがわずかに脈動する、無意識の動きを感じ取る。

そのままうっすらと開いた目に映るものは、まだ意識が覚醒しきっていないのか、焦点が合わずにぼやけている。周囲を包み込んでいた靄が、頭の中まで覆い隠したかのようにはっきりしない。

やがて瞼を完全に開いても、目の前、やや高いところに揺蕩《たゆた》うのがあの白い靄であるとウラトが気がつくまで、なおしばしの時を要した。

靄が宙を漂っている。そして自分は横になっている。

ということは、自分は靄を突き抜けたのか。

靄を突き抜けて、地上とやらに叩きつけられたのではないのか。

そう思って右手に神経を集中させると、指先が動く感触があった。左手も、右足も左足も同様だ。どうやら痛みを感じる部位もない。ただ言いようのない倦怠感が全身を覆っている。

いったい自分はどういう状態にあるのか。ウラトは持ち上げた右手の指先に目を向けて、「ひっ」という掠れた声を発した。

手の甲から指先まで覆っていたはずの剛毛が、ほとんど見当たらない。毛の下の肌が剝き出しになっている。

それどころか彼の生命線、ほとんど唯一の武器である頑丈で大きな爪が、一本も残っていなかった。掌をくるくると回してみれば、指先に名残のように張りついた爪の残滓《ざんし》が見て取れる。だがこんな申し訳程度の爪ではもう、「柱」の壁に取りついたり階段を摑むことすら覚束《おぼつか》ない。

左手も右手と同じだった。びっしり生えていたはずの剛毛も頑強な爪も見当たらない。弱々しくつるりとした肌は二の腕まで目を向けても——全身がまったく同様であった。そこで彼は、全身に穴の空いた布袋のようなものが被せられていることに気がついた。だが今まで身体を守ってきた剛毛の代わりとしてはいかにも心許《こころもと》ない。

自分はどうなってしまったのか。これではまるで——恐怖に囚われそうになって上体を起こしたウラトは、ふと左の二の腕に異物の感触を覚えた。目を向けると、そこにはヒムナから受け取った鉄製のリングがしっかと嵌まっている。右手でリングの表面を撫で、それが幻でないことを確かめながら、ウラトはこれが現実であると受け容れざるを得なかった。

自分は地表に叩きつけられて死ぬ代わりに、クリーチャーになってしまったのだ。

両手で頭を抱えると、頭部に残る体毛に触れた。ただその毛はかつてのような太く固い毛と異なり、指を通せば簡単に梳《す》ける。量はあっても以前のそれとはまったく違う。

——こんな毛が何本残っていようと、意味なんかありゃしない——

絶望に苛《さいな》まれながら、ウラトはその場から立ち上がろうとして、すぐにバランスを崩して跪《ひざまず》いた。どういうことかと今一度試みて、今度は派手に尻餅をつく。痛みに喘ぎつつ尻に手を伸ばして、ウラトの顔がさらなる驚愕に歪む。尻から生えているはずの、短くも神経の詰まった尻尾までが失われていると知って、ウラトはもう俯いたままへたり込むほかなかった。

「ウラト！」

突然彼の名を呼ぶ声を耳にして、ウラトはぴくりと肩を震わせた。この地上で、クリーチャーに成り果てた自分に声をかける人物に、ウラトは心当たりがない。

「良かった、目が覚めたのね」

だがその声に、ウラトは覚えがある。ウラトの声よりも少し高い、柔らかい口調に温かい声音。

おそるおそる面《おもて》を上げたウラトの目に映ったのは、細身で小柄のクリーチャーだった。

頭部から伸びた長めの体毛以外にはつるつるの全身に、自分と同じように顔と腕が覗く穴の空いた布袋を被せている。もちろんその顔にもほとんど体毛は見当たらない。だが華奢《きゃしゃ》な体格と優しげな眼差しには見覚えがある。何より左の二の腕に嵌まったリングがあれば、最早《もはや》疑う余地はなかった。

「……ヒムナ？」

虚ろな表情のまま長年共にしてきた少女の名を口にすると、華奢なクリーチャーの顔面に大きく見開かれた二つの目に、うっすらと涙が浮かんだ。

「そうだよ、私だよ、ヒムナだよ」

ヒムナを名乗るクリーチャーの少女は何度も頷きながら、自分の左腕に右手を添えた。

「このリング、ウラトとのお揃いだよ」

「ああ……」

ウラトの左腕に嵌まるリングと同じ鈍色《にびいろ》の輝きを、見間違えるはずがない。以前の記憶と異なるのは、リングを隠すほどにびっしり生えていたはずの体毛がすっかり抜け落ちて、今は見るからに寒々しい白い肌だ。

「お前も、化け物になっちまったのか」

そう尋ねるウラトの口調には、悲しみと無力感が入り混じっている。絶望を湛えた少年の瞳を見返して、ヒムナは小さく頷いた。

「ウラトが外階段を昇りだしたすぐ後に、私たちのいた階層もヒトに占拠されたの」

「ヒト?」

「クリーチャーは、自分たちのことをヒトって呼んでる。だから私も今は、ヒトのヒムナ」

ヒムナは少しおどけて告げたが、いかにも無理した口調であることは明白であった。

ウラトが黙って見返していると、ヒムナは作り笑いを収めて彼から視線を逸らした。

「……ヒトよりも先に、靄が来たの。バルコニーの出入口や下の階段からじわじわと靄が上がってきて、しばらく包まれているとやがて頭以外の毛がごっそり抜け落ちて。爪もぼろぼろと剝がれて、その後に生えてきたのはこんなちっちゃいし。こんな爪じゃ、管を引き裂くこともできない」

ヒムナは白い右手をひらひらとさせながら、その指先で彼女の頬や左手の甲をそっと撫でた。

「いきなり毛が抜けてびっくりしたよ。寒いし怪我しやすいし。この布も無いよりはマシだけど、毛の代わりとしては頼りないよね。ヒトは皆、毛の代わりにこの布を纏《まと》うの。ウラトもあんまり寒そうだから、私が着せてあげたんだよ」

ヒムナは頭から被った布袋の腰元を紐で縛っていた。そのお陰で彼女が今までのように半ばしゃがみ込んだ姿勢とは異なり、二本の足を真っ直ぐに伸ばして立っていることがよくわかった。

「なんか体つきも変わったみたい。尻尾も無くなっちゃったから、ウラトも最初は戸惑うかもしれない」

ウラトは先ほど立ち上がり損ねたことを思い出して、思わず尻をさすった。やはりそこには慣れ親しんだ尻尾が無い。

「ヒムナは、平気なのか？」

その問いはウラト自身の不安の裏返しでもあった。今まで親しんできた外見を失って、彼は彼自身というものが根本から揺らぐような気さえしていた。ヒムナがいなかったら発狂していても不思議ではない。

「平気じゃないよ。だけどほかのみんなも同じだったからね。慣れるしかないよ」

ヒムナの言うことはもっともなのだろう。だがその声音には、まだ強がるような震えがあった。彼女もまだまだ、言うほど馴染《なじ》んではいないのだろう。ウラトは自分の両手を何度もひっくり返しながら、表裏を凝視した。少しは見慣れたのだろうか、気色悪さは薄まりつつあった。違和感が残るのはやむを得ないにしろ。

こんな姿になってしまったとしても、死ぬことなく生き延びたのだ。しかもヒムナと再会できたのだから、幸運とさえ言えるかもしれない。てっきり自分は地表に叩きつけられて死んでしまうものだと――

「俺、なんで生きてるんだ」

今さらのように、その疑問が口を突いて出る。掌に向かって問いかけ、そのままゆっくりとヒムナに顔を向ける。

「少なくとも俺たちのいた階層より十層以上は昇ったはずだ。そこから落っこちたのに、なんで死なななかったんだ。そりゃ、クリーチャーだかヒトだかにはなっちまったにせよ」

するとヒムナは、ふと上を仰ぎ見た。つられてウラトも視線を上に向けるが、その先には立ち込める白い靄ばかりしかない。

「あの靄だよ」

ヒムナは靄を指差しながら、言った。

「靄？」

「あの靄は、とても濃い。靄に包まれたとき、すぐ目の前も何も見えなくなって、だんだんと身動きが取れなくなって、息も詰まるかと思った」

視界も身動きも封じ、呼吸さえ阻むほどに濃厚な靄。ウラトには想像もつかなかったが、落下途中で気を失ったのは、あるいはその靄のせいかもしれない。

「私も靄の中で気を失って、目が覚めたらヒトになってた。周りの皆もそうだってことは、下から上がってきたヒトに教えてもらったんだけど。ウラトも落っこちる途中であの濃い靄に引っ掛かって、多分ゆっくりと地上に着いたんだと思う。だからきっと、大した怪我もしないで済んだんだよ。でもウラトはいつまで経っても目を覚まさないから、本当に心配した」

「……なんだよ、それ」

ヒムナの言うことは俄《にわか》に信じがたかったが、ウラトはそれ以上確かめようという気にはなれなかった。そもそもとてつもない高さを落下したはずなのに、こうして生きていること自体が信じがたいのだから。細かいことはどうでも良いと思えた。

濃い靄の層は、そのままゆっくりと上昇し続けているらしい。地上では靄の濃度も薄れて、動き回るのに問題はないという。ウラトはもう一度立ち上がろうとして、またよろけた。転びそうになるところを駆け寄ったヒムナに支えられて、ウラトの瞳が不意に潤む。

「ヒムナに腹いっぱい飯を食わせてやりたかったんだ」

ウラトがぽつりと零したひと言に、肩を支えるヒムナがわずかに目を細めた。彼女の表情を見て、ウラトの口の端が微《かす》かに歪む。

「上層なら、もっとたくさん食い物があると思ってさ。そいつを持ち帰ってやろうってつもりだったのに、ざまあないや」

ヒムナは小さく頭《かぶり》を振った。

「そんなことないよ。ありがとう、ウラト」

「でも結局手ぶらで帰って、今じゃお前に助けられなきゃ立ち上がることすらできない」

「いいんだよ、ウラト」

ヒムナは先ほどよりも大きく首を左右に振って、おもむろに空いた右手を眼前に差し出した。

「ここではもう、食糧を巡って争わなくてもいいの」

「……どういう意味だよ」

ウラトの疑り深い視線を、ヒムナはしっかりと見開いた両の目で受け止めた。

「この地表では食糧を奪い合わずに済むように、ヒトは食糧を自分たちで作ったり育てたりしてるんだよ」

そう言ってヒムナの小さな掌の広げる先には、うっすらと、だがどこまでも垂れ込む靄に遮られて、何があるのかわからない。

「もちろん、なんでも上手くいくわけじゃないらしいけど。でも少なくとも、「柱」の中にいた頃みたいに管で運ばれてくる食糧を待ち構えたり、争奪に明け暮れる必要はないの」

いったいヒムナが何を言っているのか、ウラトにはその十分の一も理解できなかった。

管を伝って食糧が下りてくる兆候を見逃さず、その瞬間には誰よりも先に飛び出して奪う。生まれてこの方そんな日々しか知らないウラトにとって、「作る」「育てる」という言葉自体が馴染まない、埒外《らちがい》であった。それに食糧を「作る」なり「育てる」なりしても、その結果手に入った食糧を求めて争うだけじゃないのか。

しかしウラトは声に発する寸前で、その言葉を唾と共にごくりと飲み下した。

そんなことはどうでもいいのだ。争いがあるとか無いとか考えても意味がない。今はただ、たとえお互い見慣れぬ姿に変わり果ててしまったとしても、こうして二人が再会できたことだけ喜べばいい。

それにヒムナの言う通り、もしかしたら本当に争わずに食糧が手に入るのかもしれないじゃないか。たとえヒムナの言うことが夢幻であったとしても——そのときは今度こそ持てる者から、なんとしてでも奪い取ってやる。

「行こう、ウラト」

ヒムナの声に、ウラトは頷いた。少女の肩を借りつつ、少年は覚束ない足取りながら、充満する白い靄に向かって一歩ずつ踏み出していった。

アンダーサッド

十三不塔

十三不塔（じゅうさんふとう）

1977年名古屋市生まれ。

専門学校講師業のかたわら、演劇やラジオドラマの脚本・ゲームシナリオなどを手掛ける。

『ヴィンダウス・エンジン』で第８回ハヤカワSFコンテスト優秀賞を受賞。過去に本名名義で群像新人文学賞を受賞したこともある。筆名は麻雀のローカル役から採った。

射手座のなで肩。とうもろこしが好き。

1

幾重もの霧のヴェールの向こう側へ、そっと手を伸ばしてみる。

誰かの温もりに触れようと不用意に踏み迷うなら、吊民《ハンガー》らは揺り籠から落ちていくだろう。そう落ちていった——母も、父も、幼馴染のハカオも。

底の知れない地表へ向かって、もう何人も落下して、それっきりになった。

吊民とは橋桁《はしげた》にぶら下がるようにして暮らす人々のことだ。

防水シートや金属のスクラップを巧妙に組み合わせた吊足場が彼らの住居だった。それは頼りない揺り籠で、そのまま墓場でもある。

吊民は堅固な構造物の上に体重を預けたことがないから、いつだってグラグラと心もとない気分だった。なぜなら吊民たちは彼らが寄りかかっているこの端のない橋を支える大地を見たことがなかったから。

橋を支える無数の支柱はすべて深い霧に包まれてその土台を視認できない。そんなものが本当にあるのか、グウェンは疑わしいと思っていた。

この橋は、もやもやとした霧に漂う頼りない浮橋なのではないか。

他に吊民が知るものといえば、霧を貫いて屹立《きつりつ》する塔だけ。

シメオンの柱と呼ばれるあれは、可視化された死のモニュメントだ。

霧の薄い夏の朝には、おぞましい地獄の獄吏《ごくり》どもの影が見えることもある。青白い肌に燐光を発し、背中には薄い被膜の翼を生やしたクリーチャーども。グウェンが奴らを見ているとき、奴らもまたこちらを意識しているような気がする。

病や貧しさを招くといわれる不吉な塔に、吊民たちはなるたけ視線を向けぬよう暮らしているが、ひとりグウェンだけが、古い習わしを一顧だにせずじろじろと塔を観察する。あれのどこかに死んだハカオが居ると想像してみると、居ても立ってもいられない気持ちになる。いつかオレもそこへ行こう。でも、まだだ――

まだ、ここですべきことが残っている、とグウェンは〈中空の底〉の自房にて呟いた。おまえの好きだった音楽で、この霧に沈んだ世界を充たすのだ。橋の上から投棄されるゴミの再処理場に勤務しているグウェンは、それをリサイクルして楽器を作ることにした。視界の限られたこの場所で生きるということは、どこか閉所恐怖症的で鬱々とした感情から逃れられないものだが、ただ音だけは霧に囚われることはない。むしろ旋律は霧を伝ってより遠くまで届くようだった。小さく狭い房袋を出れば、ホールには皆が待ち構えているはずだ。

「よし、なかなかいい音だ」

グウェンがまず手掛けたのは、タマと呼ばれる両面太鼓だった。霧の中で距離を測るための発光性の浮遊ブイの廃材を使う。ブイを半分に断ち割ると椀状の物体が二つできる。そこに帆布《はんぷ》を張ってテグスで縛るだけのとても簡単な楽器だ。帆布の張力を変えることで音の高低が変化する。グウェンはこれをハカオの弟であるナホトに託した。

ハカオはゴミ処理場のダストシュートの崩落事故で橋梁《きょうりょう》から落下した。四歳だったナホトは兄の名を呼びながら、ゴミの堆積《たいせき》の中をマスクもなしに彷徨《さまよ》って塵害を被った。呼吸器の疾患を抱えた少年は、何かと消極的になり、どんなことにも尻込みするようになってしまったけれど、タマに触れるようになってから、また明るく活発な姿を取り戻すことができた。

「音楽はいいね」とナホトは七歳の誕生日に取り戻してまだ日の浅い笑みを湛え、ずいぶんと増えた楽団《バテリア》の面々を見回した。

グウェンは死の恐怖と退屈を紛らわすために楽器を作り続けたうえ、それらを誰かれなしに押し付けたから、このスラムにはいまや武器よりも楽器が多いなどと揶揄《やゆ》される始末だ。大抵のスラムでは武器だけが音を奏でるものなのに。

「グウェン、あたしの獅頭琴《しとうきん》を修理してよ。ネックが反ってる」

発泡ポリウレタンのワンピースの裾をはためかせてエンジが駄々を捏《こ》ねるみたいに要求すると、グウェンは「おまえどんな乱暴な使い方してるんだ？　いっそ新しく作り直した方が早いな」と匙《さじ》を投げた。

「いやだ、こいつが気に入ってんだ」

「もっと弾きやすいやつを拵《こしら》えてやる。物にゃ寿命ってのがあるだろ？」

「でもさ、はじめっからあたしらの楽器って寿命を終えたゴミじゃんね」

確かにそうだ。いつまでもガキだと思っていたエンジに一本取られたか。

もともと口の達者な奴だった。エンジはホールに捨てられた孤児で、楽器を手にするまではかっぱらいと寸借《すんしゃく》詐欺を生業《なりわい》にしていた。

「わかったよ、ただしネックの部分は取っ替えねえとな。あとはできるだけ残してみるから我慢しろ」

吊足場の垂壁はなだらかに内へと彎曲《わんきょく》し、やがて撓《たわ》んだ床となる。このホールで楽団はおもいおもいのスペースを陣取って、てんでばらばらの演奏をはじめた。

愛器を手放したエンジはペットボトルの空気圧をそれぞれに調節したエアリブという打楽器をかき鳴らす。こちらも悪くない腕前だ。

黄眼のベアトリックスは塩ビ管と真鍮《しんちゅう》でできた棘笛をピーピーと奏で、研磨士ニャルスカはアゴゴを高らかに打ち鳴らした。ばらばらだった音たちが、やがて拙《つたな》くか細い流れを形作っていく――しかし、これはまだ音楽ではない。

音楽は、グウェンが四味線《しみせん》を構えたとき、ゆっくりと立ち上がる。

バチが弦を弾く。凝固したゼリーのように霧が震えた。

打楽器のビートが、不鮮明な世界を脈動させる。切り裂くような倍音は、生きていながら死んでいるような吊民の血を逆流させる。凍りつくのはまだ早い。藁《わら》の交じった氷像になるつもりか？　これは手足が崩れ果てようとも踊り続けろというメッセージだ。橋桁から溢れ出たゴミ溜まりに何世代も暮らす人々は、自分たちのルーツを知らない。どこから来てどこへ行くのかを仄《ほの》めかす慰めの物語もない。あるものは音楽だけだ。霧に湿った世界で、リズムだけが変化を感じさせる。

吊民たちは楽団の音楽に触れると陽気にステップを踏んだ。

そもそもこのホールは偶然にも抜群の音響空間を備えていた。無数の音色の襞《ひだ》がざわざわと震え、聴く者の神経を激しく揺さぶる。ゾアット地区の貧しい吊民たちは、数少ない無料の娯楽を聴き逃すまいとホールに彷徨い出てくる。

これは七九回目のセッションだったと言われている。

別の説では八三回目だったとも――どちらにしろ奇跡が起きた。

ゾアット区のギャングたちは、隣のドゥルパ区の勢力に奇襲を仕掛ける寸前のところだった。しかしこの演奏を耳にして、手足は震え、心臓が跳ね、思わず武器を放り出した。因縁浅からぬ敵対組織の連中も、愉快な調べに誘われて愉快に髪を振り乱す。数時間の間だったが、仇敵同士が和気あいあいとともに踊ったのだ。

もちろん廃棄物の奏でるリズムとメロディーなんかで世の中は変わりはしない。あくる日からギャングたちの血みどろの抗争は再開されたが、たった一日であろうと悲劇が先延ばしされたことは事実だった。

2

幼馴染のハカオは音が聴こえなかったけれど、だとしてもグウェンに音楽を教えてくれたのはハカオに違いなかった。指先や肌、つまり触覚で——もしかしたら細胞そのもので、ハカオは世界の振動を感じていたかもしれない。〈中空の底〉に張り巡らされた導管から伝わるヴァイブレーションはもちろん、人間の脈動も、そして驚くべきは霧の囁《ささや》きさえも感じ取ることができるとハカオは言った。ダストシュートの崩落事故のときだって、ハカオは誰よりも先に危険の兆候を感じていたはずなのに、人々に警告するために現場を去るのが遅れた。グウェンはハカオの早すぎる死のせいで、あの塔への憧れを強めた。

それは死への憧れと同義だ。

子供の頃から見慣れた霧の風景の中で、唯一目を引くものといえば、あの巨大な塔だけだった。グウェンは耳の聴こえないハカオに振動を感じさせてやるために楽器をはじめた。声帯や手拍子よりももっと遠くまで——できれば死の国まで音を届かせるには、道具の力を借りる必要があったのだ。

「文字の読めないおまえには手紙も出せないもんな」

どーすんだよ。グウェンは崩落現場にウレタンの造花を手向《たむ》けるかわりに、路上に転がる浮遊ブイを蹴り飛ばした。蹴ってから、ふと立ち止まって沈思《ちんし》して、あらためて同じブイを拾い上げたのだ。それをただ芸もなく叩くことで、あの無表情な塔と橋との間に立ち込める霧を動かすことができる気がした。

とりもなおさず、それは死者との交流だった。

辛気臭く後ろ向きなグウェンの演奏は〈中空の底〉の吊民たちのがらんどうの体腔《たいこう》を鳴らしたのだろう、次第に生に飽いた人々が集まるようになった。

しかしグウェンの音楽は死の匂いを徐々に薄めていった。

——真の芸術には転換がある。

橋の上から転がり落ちてきた文字の細かい本によると、行きつくところまで突き詰められたテーマは対極の性質をも包含するという。それは気が狂った奴が書いたとしか思えない難渋な音楽の理論書で、三ページも読み進めるたびに頭が痛くなったが、不思議と捨てる気にはならなかった。著者はデゴーア・ミリュトゥスといった。

3

ホールを出て、音楽を鳴らそう。

そう提案したのはエンジだった。通りを練り歩き、こちらから音と踊りを振りまくの、素敵でしょう？　苦労を知らない楽団の連中は軽いノリで賛同したが、グウェンは楽器を携帯できる形に改良しなければならなかったから、その作業の手間を思うと少し眩暈《めまい》がした。

ギャングの抗争で死んだ者たちの顔を手描きしたシャツをみんなで着た。

平和という空疎《くうそ》な言葉も、こんなときには重宝する。

楽団は平和のために音楽を奏でた。メロディーに乗せると愛が綺麗事ではなくなるのはなぜだろう？　ビートに乗せると連帯が絵空事ではなくなるのはなぜだろう？　音楽はこの世界に半分ほどしか存在しないものを、丸ごと実在すると信じさせてくれる。つまり希望と気休めを同時に与えてくれる、そう、音楽はいいものだ。

グウェンたちの楽団はちゃかぽこどんどんぴーひゃららと音を奏でながら、橋の下を巡行した。時におひねりを貰い、時に石ころを投げつけられたけれど、音楽はもう止まらない。音を奏でているのは楽団であっても、彼らを引っ張っていたのは、むしろ音楽の方だった。楽団の巡回演奏には、しぜんと踊り手たちが付き従うようになった。メンバー不定で誰もが踊りに加わることができた。音と踊り、こちらも主従ははっきりしない。踊りが音楽を先導・扇動することもあり、その反対もあった。

「グウェン、大変だ、上であたしらの音楽が話題になってるんだってさ」

エンジが蒸気ミシンで一杯の裁縫室に飛び込んできた。

帆布の端切れでボディバッグを縫っていたグウェンは「仕事中だ」とエンジをたしなめるものの、追い出そうとまではしなかった。

「霧が薄い日には、上の連中のラジオが聴こえてくるでしょう？」

「あーそうだったな」とグウェンは気のない返事だ。「DJファーザスの海賊ラジオだろ」

ラジオもまた上から落ちてきたゴミを修理したもので、吊民の技術では作ることはできない貴重なものだ。この音を吐き出す機械を拾えたのは僥倖《ぎょうこう》だった。電源は足踏みミシンに取り付けた発電機でまかなっている。

「あたしらの音楽が橋の上の連中の耳に入って、ちょっとしたブームになってんだってさ」

「へえ、不思議な気分だな。顔も知らない連中がオレたちの音楽を聴いてるなんて」

橋の上に住む連中のことについては謎が多い。

上の連中のゴミを生活資源とする吊民からしてみれば、少なくとも、その廃棄物から彼らの暮らしを想像することができたが、あちらからこちらを窺う術はほぼないと言っていい。二つのエリアに交流はなく、その断絶を解消しようという動きはかつてなかった。

「ほら、聴いてみてよ！」

エンジはドンとミシン台にゲルマニウムラジオを置いて、チューニングを合わせた。くぐもった声だったものが次第に鮮明になる――まるで霧が晴れるように。


……霧の彼方からお送りするファーザスの海賊ラジオの時間だぜ。今日はこの放送のリスナーの間で噂が持ち切りのアレについて話そう。そう、橋の下の音楽のことだ。おまえらの住む巨大な橋梁の真下から音は這い上がってくる。これに気付いたのは〈オアの聖腕〉に住むカーマシャの栽培者たちで、どうやら果物の水やり用の真鍮管を伝ってきた音は、いままで耳にしたことのないようなゴキゲンなやつだった。彼らはそいつをアンダーサッドとかノックアッパーとかって呼んで、導管を額に当てて密かにアガってた。大っぴらに楽しめなかったその理由はもちろんわかるよな？　音楽ってのは橋の上じゃ神さまへのメロディー付きおべんちゃらなんだ。何百年もオレらの先祖たちはそれに疑問を持たなかった。長らくオレらにとって荘厳で退屈な教会音楽だけが唯一の音楽で、そいつは楽しむためのものというよりも畏怖《いふ》するためのものだったから、そりゃ聴いたこともないとびきりクールな音に触れたらイカれちまうのも無理はない。無理はないんだ！　でも、なによりさ、橋梁の下には虚無の果てしない綴《つづ》れ織りだけが拡がっているって聖典には書いてあるけど、そいつはひどい間違いだってことがわかったんだ。だって下にはゴキゲンな音楽を奏でる誰かさんたちがいるわけだからな！　〈ブックスタンド〉でもお隣の〈クーラーボックス〉でも誰かさんの音楽のことで日々持ち切りってわけさ。ただし、無謀にも下へ降りて誰かさんたちを見つけようなんて思わないでくれよ。命がいくつあっても足りないからね。オレのリスナーにはそんな馬鹿野郎は居ないって信じてるけどな。

4

「――どあああああああああああああああああああああああああっすぬぬぬう

うううううううううううううううぁあああああああああ！！！！！！！！！！」

ドゥルパ区の〈閂亭《かんぬきてい》〉に陣取ったグウェンと楽団の面々の上に悲鳴が降り注ぐ。ちょうど一日の労働と演奏を終えた楽団の面々が安酒入りの防水袋を仲間らとぶつけあったところだった。

「乾ぱ――」薄汚れた天幕を突き抜けて少年が落ちてきた。「い？」

アルコールに弱いグウェンは我が目を疑った。まばらに自生する茸類《きのこ》とヒョウルと呼ばれる鳥の身と卵がメインディッシュで、四つの大皿からうまそうな湯気が立ち上るそこへ、正体不明の落下物が斜めに横切ったのだ。テーブルが壊れ、料理が飛び散る。まだ一口も飲んでいないのにオレたちは酔っぱらっているのか？　何事かと客たちは着弾点とおぼしきあたりを探ってみる。と――

「ってえええええ、死んだんだなボクは。ここは天国か。落ちて天国？」

素っ頓狂な声がした。

ただし、防毒マスク越しのくぐもった声色だ。

おい、大丈夫か、とベアトリックスがバーカウンターを乗り越えて、グチャグチャになった酒袋棚と発酵タンクをかき分けて落ちてきた何かに声をかける。

どうやら人間らしい。

「天国かってさ！　こいつはとんだ方向音痴だ。ここは真逆の場所さ」

ニャルスカが皮肉めかした口調で言った。

吊民たちは橋の上の連中を羨《うらや》んでいた。ここのゴミ溜めに恵みのゴミをもたらしてくれる頭上の連中の存在を見てみぬふりをしていたグウェンたちだったが、こうして目の前に現れると、どうしても刺々しい気持ちになってしまう。わざわざ欠乏に満ちた下の世界にやってくるなんて、ここを天国と呼ぶなんて——

まったく世間知らずにも程がある。

「なら地獄？　やっぱり死んだんだな。ちぇ、教会への喜捨が少なかったんだな」

そいつに怪我はないようで、マスクごとブルブルと首を振ると、ガラクタの山から飛び降りてズボンの埃を払った。事態を飲み込んだバーの店主はようやく「どうしてくれんだ」と喚き出したが、大きくなりはじめた騒ぎと野次馬のせいで誰の耳にもその声は届かない。

「おまえ、上から来たのか？」グウェンは訊いた。

「そーだよ。ダストシュートを下ってね。ファーザスの言ってた音楽を探しに来たんだ！」マスクの——たぶん少年だろう——人物は答えた。

「音楽？」吊民の楽団はマスクの少年をじろじろと見回した。

事件に巻き込まれた死体がときどき廃棄されることはあったが、息をしている橋桁の上の人間と出会うことは稀《まれ》だったから、誰もが興味津々だったのだ。生者は死者より口数が多く、さまざまな情報をもたらしてくれるはずだった。

「アンダーサッド。橋の下から聴こえてくる音楽さ。もしボクが死んでないなら、辿り着いたことになる。アンダーサッドの出所に」

「音楽だって？　そんなもんが聴きたいのか？」グウェンは言った。そして楽団のメンバーを見回して、クスクスと笑い合った。「とにかく酒でも飲むがいいさ、チビ」

「チビじゃない」少年はガムだと名乗ったあと、少し表情を曇らせた。

「バカにしてんのか？　こっちは命がけで降りてきたんだ。遊びじゃないぞ」

「それよか上の連中ってさ、みんなそんな面してんの？　バケモノなの？」

とナホトがガムのマスクを指して無遠慮に尋ねる。

これ？　ガムは一瞬だけマスクをずらして素顔の口元を覗かせた。

「いいや、ボクたちも同じ人間だよ。ただ、霧を吸えば死んじゃうのさ。そのためのマスクなんだけど――ああ、ここが天国だと思った理由のひとつはそれ。君たちはマスクなしでも平気なんだな。ふーん、どうしてだろう。興味深いぞ」

「はるばる音楽を求めてね。ご苦労なこった。でもおまえの期待するようなもんはこの〈中空の底〉にはないと思うぜ。素晴らしいものはみんなおまえらの住む上にあるだろ？」

コンッとニャルスカがスプーンでテーブルを叩いた。

「で、でも」　ガムは何かを言いかけたが、ハッとしたまま口をつぐむ。

――コン、ココン、コンコン！

それをきっかけに、めいめい足踏みや口笛で音を奏でていく。それは金属を削り出すと火花が散るようなものだった。音は物体から剝離する瞬間に熱を帯びる。ガラクタになったバーの備品を即席の楽器にして、ナホトたちは軽快な音を生み出していく。グウェンだけはいつも手放さない組み立て式の四味線を椅子の下から取り出し、それをゆったりと低く奏でながら、ざらついた声色で即興の歌詞を歌った。

――霧を裂いて落ちてきたチビよ。チビにしては重すぎるケツ。おまえはケツから真っ逆さまに落っこちて糞溜《くそだ》めに着地した。ああ、何もかもなぎ倒して、おまえのケツが飛んでいく。皺ひとつないプリプリ臀部《でんぶ》。迫る尻。イエス、おまえのケツゥ！！！

でででんでんでんでんぶ、と客たちのコーラスが沸き起こり、天幕内に紛れ込んだ霧の粒子ごと空気を震わせた。排気設備はお粗末で、霧を完全に締め出すことはできないが、互いの顔つきを認められるほどには視界はクリアだ。

「アンダーサッド！　あ、あんたらが演奏者だったのか！」

思わずマスク越しにガムは叫んだ。お目当ての音楽がいきなり見出されたのだから無理もない。グウェンはさらに歓迎の歌を続けた。

――熟《う》れた果実のように降ってくるケツ！　たわわに実るデカいケツゥ！

5

落ちてきた少年ガムはナホトの部屋に間借りすることになった。

ハカオの部屋が空いていたから、そこに転がり込んで、吊民と暮らしを共にし、熱心に彼の言うアンダーサッドとやらを研究した。それだけではない。哲学者めいた訳知り顔で霧と音との関係について思索を巡らせるのだった。

「あんたらの言語はオレらの言葉と極めて近い同系のものだ。違いといえば方言や訛《なま》りといったほどのことで大差はない。ただし、橋の上の者たちが使うある種の擦過音《さっかおん》や喉音《こうおん》があんたらの言語には欠落している。これは何を意味してるんだろう？」

「おまえの話によれば、上の連中は霧を吸えばたちまち呼吸困難に陥って死ぬという。体の仕組みが違うのでなければそれは――」ホールの片隅でグウェンが首を傾げて沈思した。

「もしかして音が霧に影響してるとか？」今度はエンジが言う。

ガムがエンジの推論を押し進めた。

「いい線いってるかもな。橋の上には教会があって音楽を独占してる。大きな鐘が鳴ると霧が晴れるんだ。霧が消えたんじゃなくて霧の透明度を上げる作用があるだけかもしれない。あんたらが使わない発音は霧を凝固させる力があって、それを肺に吸い込むことで人は死ぬ？」

「ためしてみよう」

「命がけで？」

「まさか。楽器で色んな音を出して霧の反応を調べるんだ」

ゴミ溜めの中からマスクをかき集めたグウェンたちは、それを装着すると、最も霧の濃い〈赤鉄の森〉で、思いつく限りの音をかき鳴らした。ほとんどが無反応だったけれど、四味線のある音階では霧が青く発光することがわかった。他にもタマの連打で霧は液状に滴ることも判明した。そんなことを数日間も繰り返していると、一五六種類の音が何かしらの作用を霧に及ぼすことが見えてきた。

「すごいな。この霧は一体なんなんだろ？」

霧に閉ざされた世界において、視覚に頼る人間は無力で弱い存在であるはずだったが、もしかしたらそれは間違いなのかもしれなかった。霧はさまざまに姿を変える魔法の素材であって、人の暮らしを助けるものなのかもしれない。

「すげーぞ。でもかなり微妙だ。音が少し大きくてもピッチがズレても、うまくいかない」

ナホトは手こずっている。ニャルスカは苦労の末、霧に8の字の流れを生み出すことに成功した。グウェンの倍音やコード進行がどのように霧に影響するかを試し、霧を粘つく泥や鈍く発光する繊維に変成した。それら観測された現象のひとつひとつを、楽器の弾けないガムは詳細に記録していく。

「ちょっとだけわかってきたんじゃない？」と何の成果も上げていないエンジが言う。

やがてグウェンたちは、霧を煉瓦《れんが》さながらに四角く固めたり、それを空間の座標にピンで留めたように固定する方法を発見した。硬度を変化させて家屋を造成したり、流水のため池を動力機関として利用することもできた。楽団は人々に憩《いこ》いを提供するパフォーマーであるだけでなく、建築家としても重宝されることになった。

こうして橋の下の世界は変貌を遂げていくことになる。

「ドゥルパ区から各地区への遊歩道を作る設計図、ガムが作ってくれたものがこいつだ。これで安全に他のエリアへ行けるはずだ。ただし演奏の難易度はちょっと高いけどな。これを〈遊歩道のサルサ〉と呼ぼう」

例の音楽理論のややこしい本から手頃な言葉を拾い出したグウェンは、バンと自分の手柄のように机に叩きつけた。

通常の設計図と異なるのは、そこに楽譜が添えられているところだ。

ガムは音楽のオーソリティというだけでなく、設計家としての才能も開花させつつある。

「これでおまえを上へ帰してやることもできるぞ」

「――まぁ、それはいつでもいいよ」とガムはあまり乗り気じゃなさそうだ。

「なんだよ、戻りたくないのかよ？」

「こっちのが楽しいよ。上じゃボクはまあ、そうだね、みんなに持て余されてる」

あまり触れられたくなさそうなデリケートな部分にも、お構いなしに無神経なエンジは突っ込みを入れる。

「なんだよ。つらいことなら吐き出しちゃえばいいじゃん。みっともなく泣いたって霧とマスクで見えないわけだし」

「泣くかよ。ただпротивさ、ボクは塔の子供なんだ。いつだって上じゃ肩身が狭かった」

「塔の子供ってなんだ？」ニャルスカが訊いた。

「塔にはバケモノたちが巣くってる。君たちだって見たことがあるかもしれない。やつらは気まぐれに橋の上に何かを置いていくことがある。流れ星に乗せてね。それはわけのわからない機械だったり動物の屍骸《しがい》だったりする。あるいは生まれたての赤子とかね。ボクの暮らしていた場所じゃ、塔から持ち込まれたものは汚《けが》れの対象とされる。ボクは塔から来たんだ」

皆、押し黙った。あまりに想像の及ばない事情だったから。

「ある貧しい老夫婦に拾われたボクだったけど、橋の上では爪弾《つまはじ》きものさ。学校に籍を置くこともできなければ、将来まともな仕事に就くこともできない。結婚だって！」

「ひでえじゃん、それってさ」とエンジが憤慨する。

「だからファーザスの海賊ラジオだけが、ボクの避難所だった。あの人も塔の子なんだ。彼は居所を掴ませずに橋の上の世界を皮肉ってる。ボクはボクを育ててくれた夫婦の死を看取ったら、橋の上から去るつもりだった。生きるか死ぬかはシメオンの御心次第ってね。でも落ちてきて正解だったよ。ここじゃ誰もボクを蔑《さげす》んだりしない」

「だったら」とグウェンは言った。「ずっとここにいろ。音楽を使ってここはもっと住み心地のいい場所になる。上なんかよりずっと気楽な場所になる」

「いいの？」と眼を輝かせてガムが言う。

「もちろんだ」グウェンが言うと、ガムはマスクを脱ぎ捨てた。

いまわかった。こいつは死んだハカオに少し似ている。

顔だけじゃない、雰囲気とか存在感といったものが。

ナホトもそう感じて兄の部屋をあてがったのかもしれないと、いまさら気付いた。

6

グウェンたちが楽器を手にするまで、吊民たちには音楽と言えるものはなかったのか？　そうではない。ただこの見通しの利かない世界では、音は楽しむものというよりも、むしろ伝達手段として限定的に使用された。

この思い込みは霧よりもずっと吊民たちを盲目にした。

音楽の力が人々に知れ渡ると、貧しさに堪えかねてその身を落としたギャングたちの中におずおずと足を洗う者が現れた。霧の可変力はギャングを弱体化させた。仲間の眼を気にして組織を抜けられなかった連中や、本当に暴力に取りつかれた一部の者だけが、霧に閉ざされた仄暗い領界に取り残された。

「ニャルスカ、制作は順調か？」

グウェンが問うのを、研磨士から転身したばかりのニャルスカはうるさい蠅《はえ》を追うように手を振った。独立したグウェンに楽器の作り方を学び、そちらを本業にしたのだった。決まった職のないベアトリックスも手伝っている。グウェンの工房もまた演奏で造り出したものだった。

「ヤバいよ。注文が殺到して、とてもじゃないが追っつかない。グウェン、どこかで手先の器用なのを拾ってこい。おれとベアとじゃ手が足りない」
グウェンは建築において有用な一三の音色とフレーズをまとめ、それを奏でることに特化した特製の楽器を吊民たちに配った。これで人々は気ままに住まいに手を加えられるようになり、みるみるうちに生活は向上した。両手の指の数に満たなかったグウェンの楽団は、いまや総勢百人を超える大所帯になった。
グウェンたちだけではない、別の楽団も次々に誕生したのだった。
――〈ガストロックス〉
――〈リュグザ葬送楽団〉
――〈西風の歯軋《はぎし》り〉
――〈ランチシューターズ〉
――〈スラップストーン〉
彼らはグウェンらの楽団の後追いで結成されたのだったが、瞬く間に急成長を遂げて、いまや吊民たちの暮らす〈中空の底〉にまだ見ぬ革新をもたらしつつあった。
「誰もが音楽を欲してる。なのに楽器が足りない」ニャルスカは言った。「ガストロの奴らも大量に注文している。もっと込み入った音楽を鳴らせれば、霧をより自在に操れると信じているらしい。リーダーのアラミスはあんたの本に眼をつけてる」
「オレにはほとんどチンプンカンプンだからな、彼女が必要ならくれてやるよ」

「気をつけろ」と釘を刺してベアトリックスはまた休めた手を働かせる。「すべてが未知数なんだぜ。無害なものを造っているうちはいいが――」

「わかってるよ」とグウェンは言った。

そのアラミスとの約束の時間が迫っている。

ガストロックスは時にグウェンらと連携し、老朽化したハンモック住居を補強する事業に当たった。また橋梁からの落下を防ぐセーフティネットを、ログーロという新作弦楽器で奏でるトライアドスケールによって生成・完備させていった。父や母やハカオはこれがあれば死ぬことはなかったと、虚空に差し渡された巨大なネットを眺めながらグウェンは悔恨《かいこん》を瞳に滲《にじ》ませる。

「悪いが、納品は遅れそうだ」冷たい霧の流れに前髪が濡れた。

「その前に、待ち合わせに遅れたことについての謝罪が欲しいわね」とアラミスは視線を尖らせた。グウェンはしおらしく頭を下げた。

「ふふ、冗談よ。さて困ったわね。試したい演奏があるのに」とさほど痛痒《つうよう》を感じていない口ぶりでアラミスは言った。「でもいいわ、じっくり制作してちょうだい。私の音楽は数よりも質が肝心なの。ねえ、何人この下に落ちていったの？」

「三人だ」

「そう、少ないわね。いえ、数は重要じゃない。さっき私が言ったばかりね」

きっとアラミスはもっと多くの人間を失ってきたのだろう。謎多き女。身なりは質素だったが、清潔だった。最も貧窮《ひんきゅう》したモガ地区を拠点としながら、貧苦の痕を感じさせない凛とした佇まいに、いつもグウェンは眩しさを感じた。

「オレたち以外の楽団は協力関係にない。てんでばらばらで動いている」

「それについては私も危惧している。このままでは音楽と霧の技術がよりいっそうの混乱の火種になるかも。でも現状打つ手はないわね」

「西風の連中はオレたちを過度にライバル視しているしな」

西風の歯軋りは、廃棄物から新たな楽器を作り上げる術に長《た》けており、霧を変成させる音色を新たに八九種類も見つけ出した。彼らの演奏も絶品で、各地で精力的にライブを行っていることもあり、グウェンたちと〈中空の底〉の人気を二分した。

「でも、各々の振る舞いに制限を設けるのは賛成できない。私だって困るもの」

「ああ、いまのところ成り行きに任せる他ない」とグウェン。「飢えてくたばるガキも減った。数か月前と比べたら、手を叩いて踊りたくなる世界になった」

そう——特記すべきは、食糧問題の改善である。

スラップストーンは、やや奇抜な転調を含んだコード進行が、霧をスポンジ状の物体に変化させることを突き止めた。役に立たない代物だとしばらくは捨て置かれたが、この物体の可食性を一匹の老いた野良犬が証明したのだ。味こそ淡泊だが、この物体はバランスよく各栄養素を含んだ万能食品だった。

「幸いなことにスラップストーンはいまのところ安価で食糧を提供している。でも少しずつ値を引き上げているわね」

「ああ、オレたちも同じものを作れるが、まだ圧倒的に供給量が足りない。このまま独占市場が続くならちょいと心配だが――」

「それより、もっとも懸念されるのはランチね」アラミスはグウェンの言葉に割り込んだ。

元ギャングたちから成るランチシューターズは橋の上への道を探り、〈ハデスの階《かい》梯《てい》〉と呼ばれる巨大な昇降路を着工した。奴らは霧の力を武力に変える方途《ほうと》を探っているし、それは遅かれ早かれ見つかるだろう。彼らの牙は上方世界へも向く可能性がある。そうなれば昔ながらのギャングの諍《いさか》いとは比にならないスケールの争乱が起こる。

ガムは二つの世界がたとえ平和的にでも交わることを怖れた。

もし橋の上の通念が〈中空の底〉へ雪崩《なだ》れ込んできたら、ガムの楽園はあっさりと吹き飛んでしまう。グウェンはまたしてもガムとハカオの面影を重ねた。

「たまにおそろしくなるよ。オレたちはいまだ先の見えない霧の中に立っている。未来はどこへ向かうのか知れない」とグウェンが重々しく口にする。

「ええ、でも私たちは立ち止まれない。これはあなたがはじめたことでもある」

「ああ」グウェンは苦々しく思う。そしてニャルスカたちと話した思いつきをアラミスへ持ち掛けてみる。あの音楽の本を彼女へ託すのだ。聡明な彼女なら必ずグウェンよりもずっと明るい方向へ役立ててくれることだろう。

7

霧を電気に変える方法を見つけたのは、エンジだった。

ひょんな偶然から、電源のないゴミの機械が動いたのがきっかけだった。橋の上の機械に詳しいガムは、それが植物を刈る機械だと説明したが、何故動いたかは不明だった。そのときの条件を思い出してみると、エンジが下手な物真似で喉の奥から妙な音を出していたことがわかった。エンジが何度かいくつかの音を再現すると、また機械が動いた。

刈り取るものなど何もない。

霧に覆われて陽の当たらないこの場所に植物は乏しい。たとえ霧を払ったとしても巨大な橋梁が空を塞いでいる。ガムの話では上の世界では、教会が鐘で霧を無色化するためにふんだんに日光が降り注ぎ、さまざまな植物が生い茂るのだという。

「イチイ、サルスベリ、ホオヅキ、ケヤキにビワ」

知っている限りの名前を連ねてすぐにハッと我に返る。

「そんなことはどーでもいいよ。エンジ、君は楽器も達者だけど、ビートボックスの才能があるんだね」

「？」エンジが全身で疑問符のポーズを取った。

「ヒューマンビートボックス。ボイスパーカッションでもいい。つまり人間の発声器官をドラム代わりに使うのさ。上の世界で音楽は禁じられていると言ったけれど、厳密にはそれは器楽のことで、声楽には比較的寛容なんだ。ま、ボイパは正式な声楽の範疇《はんちゅう》にも入りはしないからお咎《とが》めなしだ。だから自分の音楽を楽しみたい連中はビートボクサーになってささやかに楽しんでる。ファーザスもそれで名を揚げた」

「ふうん」あまりピンと来ていない様子のエンジだったが、努力次第で自在にビートを奏でられると知ってまんざらでもないようだった。

「それより、電気を発生させた音を突き止めなきゃ。もし好きなだけ電気を得られるようなら、とんでもないことになる。録音と再生、それに電気的な音の増幅が可能になれば、どんなことができるのか計り知れないぞ」

黙って二人のやりとりを見つめていたグウェンが言った。

「やってみろ、エンジ」

エンジがボッボッパッと重く小気味いい打音を発する。

しばらく機械に反応はなかったが、一四度目のチャレンジで機械が唸りを上げた。

「すげえ！」とナホトがエンジに抱きついた、そのときだった。

頭上で何か硬く巨大なものが陥没するような音がした。

すぐに雨のように瓦礫《がれき》が降り注ぐ。何重もの天幕と霧を硬質化した庇《ひさし》がホールを守ってはいたが、それでも破壊は免れない。防水タープシートを突き抜けて大きな瓦礫が目の前に跳ね返る。楽団のメンバーはこんなときだというのに楽器を抱えて走り出した。ナホトは転んだガムの手を摑んで引き起こす。

「立て、走れ！」

いち早く出口へ辿り着いたグウェンが誘導し、皆をホールの外へと逃がす。最後のニャルスカが飛び出ても、芝刈り機だけは動き続けていた。

「上だ。上で何かが起きた」とグウェン。

——ハデスの階梯が！

吊民のひとりが指を差した先には、蔓《つる》のように伸びていた建設中の階梯があった。眼を凝らすと、格子を細密に編んだような構造物の一部が欠け、そこから煙がたなびいている。作業員たちが即死を免れない高さからバラバラと落下したのだろう。欠損箇所の真下であるホール付近には、眼を覆うような惨状がひろがっていた。

たちまち恐慌状態が訪れる。吊民たちは慌てふためくが、こんな急場のために、迅速かつ組織的に動けるような集団はいない。しかしできることをやるしかない。

「ケガはないか？」グウェンは一応確認する。見渡したところ楽団の主要メンバーは無傷のようだったが、百名を超す楽団員の中には、軽傷を負った者もいた。ニャルスカがシンバルで消毒の音をかき鳴らし、ナホトが傷口を霧を変成させた治癒パッドで覆った。

事態の全容はまだわからない。

工事中の不幸な事故か？

「あれは抗争だ。何かがあそこで起きている」

よくやく混乱から脱した頃、そんな報せが入った。

どうやら怖れていた通り、ランチシューターズたちは音楽と霧の変成力を武器とする研究を続けていたようだ。しかし何と戦っている？　仲間割れか？　最悪なのは橋の上の連中と一戦交えてしまうことだ。なにもわからない。

グウェンは居ても立ってもいられなくなって走り出した。

8

ついてくるなと釘を刺したにもかかわらず、ガムはグウェンに従ってハデスの階梯を駆けあがってきた。こんなところも幼馴染のハカオにそっくりだ。

乱暴に言えば、橋脚にキャットウォークを螺旋《らせん》に巻いたものがハデスの階梯である。向こう側が透けるメッシュ状の足場は、世界が確固たるものでないことを教えてくれる。そもそも、とグウェンは思う。これは霧が素材なのだ。いつ手品のように掻き消えてしまったとて不思議じゃない。

すべては朧《おぼろ》げに霞む幻だ。

死を象徴するあの塔――シメオンの柱だけが揺るぎないものだった。

死だけが宇宙の不動の中心であるように。

不吉な塔を左手に望みながら、グウェンは四味線で霧をかき分けて進む。

〈排掃〉の調べは、霧をたちまちに押し流してくれる。視界がすっきりとクリアになり、行くべき先が明確になる。これでようやく半分ほどの高さだとは思うが、足元には霧が垂れ込めていて相対的な高度はわからない。ハデスの階梯は崩壊の危険があるため、いつでも引き返せるよう慎重に無理せずに進むつもりだ。ガムはグウェンの背中に隠れているわけではない。ハカオに守られていた幼い日のナホトとは違うのだ。時に前に出て、五種の金属の合金から成る五玲鈴《ごれいりん》で〈探触〉の音色を鳴らして、生命の気配を探る。前方の視界ははっきりしているとはいえ、複雑な構造物にはいくらでも身を隠せる場所はある。またランチシューターズの連中が背後から襲い掛かってこないとも限らない。

「あれ？」とガムが立ち止まった。「おかしいな、橋脚の中に生命反応がある」

「何かの間違いだろう。あんなところに誰かが隠れているというのか？」

「グウェン、見てよ。あそこに不自然な裂け目があるだろう？　もしかしたら橋脚の中に空洞があるのかも」

ハデスの階梯から身を乗り出して裂け目に手をかけるのは愚かな振る舞いだが、

「グウェン、足場を作って！」ガムは言い出したら聞かない。

不承不承グウェンが建築用労働歌を弾き語りすると、キャットウォークが滑らかに分岐延長して、件《くだん》の亀裂のあたりまで安全な足場が造られた。

「ねえ、どなたかいらっしゃいませんかー」とガムが呼びかける。

グウェンはこの緊急事態に何をバカなことをしているのだろうと思い惑う一方で、さやかな違和感を見過ごすべきではないとも感じる。ハカオが死んだダストシュートの崩落事故のときにも、得体の知れない微震が間欠的に起こっていたのを、誰も気に留めなかったのだ。

「すいません！　いるんでしょ！」ドンドンと亀裂をガムが叩くと――

「うっせーよ。どこのバカだよ」柱の中から声がした。

「え？」とグウェンはガムと顔を見合わせた。

二人はこの声を知っていた。

低いバリトンのような落ち着いた声。それでいながら鼻にかかるイントネーションに可愛げと華がある。この声を聴くために何度もラジオを補修したのだ。

「ファーザス！」と同時に二人が叫んだ。

9

ファーザスのラジオ局――それは橋の上でも〈中空の底〉でもなく、その真ん中の橋脚の内側にあった。グウェンたちの素朴な楽器では演奏不可能な複雑な電子音楽が響くと、橋脚の亀裂は自己回帰的なパターンで拡がって、やがて壁面に不定形な入口が現れた。橋の上の宗教警察から逃れるために彼の居場所は秘されているとされていたが、まさかこんな場所に人が潜んでいられようとは、グウェンは驚きを隠せなかった。

「とっとと来い」と奥からくぐもった声が飛んできて、二人は恐るおそる壁の中へと足を踏み入れた。

コルク壁の部屋に所狭しと、グウェンには見たこともない音響機器が並んでいる。これは放送局というだけでなく、音楽をひとりで制作するための環境である。スピーカー、シーケンサー、ミキサー、サンプラーとひとつひとつをファーザスがぞんざいに説明してくれるが、グウェンにはまるで用途がわからない。これらはグウェンの知っている音を作り出す道具とはまるで違った。

「ファーザス、あんたに会えるなんて光栄だよ！」

「おまえ、塔の子だな」ヘタれたソファーに身を埋めた初老の男、それが間違いなくファーザスなのだろう。「奴らはオレを嗅ぎつける。おまえで四人目だ。まったく厄介な奴らだ」

「あんたもだろう。上の水が合わなくて、こんなところに隠れてる」

半分正解だなとファーザスは不機嫌に首を振る。

「これはどういう仕掛けなんだ？」と興奮のあまりぶしつけにグウェンが問う。

人の家に土足で乗り込んでおいて質問攻めかよ、と気を悪くしたようでもなさそうにファーザスは言った。

「おまえらが見つけ出した音と霧の力で造った隠れ家さ。ようするにこれは音響プログラミングなんだ。古代の失われた連続体力学と物性理論によって案出された超塑性《そせい》物質――おまえらの言う霧は音響に反応して性質と姿を変える。こいつを大気に充たしておけば、人間は必要なものをいつでもどこでも魔法みたいに取り出せた。どんな距離も飛び越えてコミュニケーションができた。おまえらがいじくってんのは、ほんの初歩の初歩に過ぎない。なんたってアナログな楽器じゃ精度の低い変成しか起こせねえからな。でも、もっと精密に広汎《こうはん》にこの霧のテクノロジーを使いこなせるなら話は変わってくる。たとえば、ここにある機械でなら、と言いたいところだが、ほとんどがポンコツだ」

「すごい、すごいよ！」

いまにも涎《よだれ》を垂らさんばかりの勢いでガムは部屋のあれこれに眼を奪われている。

「霧はよ、もともとは不可視の微粒子だったが、遥か過去に起きた何らかの事象によって視界を閉ざすヴェールへと姿を変えた。こうしておまえらは視界不良の人生で右往左往ってわけさ」

「なんだってできると言ったな。ならなぜこんなところに隠れている？　塔の子が差別されるというなら、霧の力で抵抗することもできたはずだ」とグウェン。

コンソールの上にあるグラスを口に運びながらファーザスは、いくつかのボタンを押す。と、ピーンと音が鳴った。だしぬけに空気中に飲み物と同じ色のモヤ状のものが浮かび上がり、やがて長方形に輪郭を整えていく。これも微量の霧から組成されたものなのだろう。空中に浮かぶ青い板は一種のスクリーンであるらしく、そこには楕円のチューブが描かれており、中心に屹立する塔がある。

「これは端なき橋《エッジレス・ブリッジ》の俯瞰《ふかん》図だ。かつて橋は、粒子を加速させて衝突させるための巨大なチューブだったんだ。地表に埋設されていたもの、そいつが地殻変動によって何千年の時を経て露出した。現在は所々断絶しているがな。オレは塔の子ではない。脱塔者だ。そして塔の子とは、オレを見つけ出すための眼なんだ」

――脱塔者。

それは、と問うまでもなくファーザスは自ら続けた。

「音楽の知識を塔の外へ持ち出した者のこと。つまり裏切り者さ。それを橋の民に開示すれば霧の力は公然のものとなり、世界は混沌と化す。ケチで貧乏くさい塔の連中は音楽を独占し、その益を分かとうとしない。だからオレは塔を出た。塔の外では教会の連中の一部が霧と音楽の力の秘密を摑んでいるが、それも完全じゃない。塔の子はオレを見つけ出す追手だ。龍の眼を持つおまえら塔の子は、見聞きしたものをそれと気付かぬまま塔へと伝えるのだ。霧の伝播力を使ってな」

「ファーザス、じゃあボクがここへ来ちゃったら？」ガムは責任を感じて戸惑う。

「ああ、まもなく塔から刺客がやってくるだろう。でも気にすんなよ。これまでに出会った塔の子らはみんな殺してきたが、おまえに手を出しゃしない。もう歳だ。オレにはもうそんな力はない。それに塔の子ってのはそういうふうにプログラムされた存在で、おまえらに罪はないんだ。それがわかるまで時間がかかったが」

懺悔というにはひどく乾いた口ぶりでファーザスは言った。

「で、でも逃げなきゃ！」

「いや」とファーザスは首を振った。「もう少し時間はある。逃げるのは疲れたよ。言ったろ、オレは見た目よりずっと年寄りでな、ここらで幕引きにするのも悪くねえ」

「しかし、あんたは音楽を橋へ伝えに来たのだろう？　それを果たせぬままでいいのか？」グウェンがひたとファーザスを見つめた。

「果たせぬままだって？」

ファーザスはひどく滑稽な冗談を耳にしたかのように肩を揺らして笑った。

「おもしれえやつだな。ラジオ聴いてたんだろ？　音楽ならもう充分に伝えたよ。アンダーサッドが生まれた。やがて橋の世界は変わるに違いねえ——それに別の方法でだって音楽のことなら残してある」

別の方法だって？　グウェンにひそやかな気付きが訪れようとしていた。

「あんたの名は？　ファーザスってのは本当の名前じゃあるまい」

「デゴーア・ミリュトゥス」老いた男は他人を呼ばわるように素っ気なく言った。それはグウェンが手に入れ、アラミスに託した本の著者の名だった。

「さあ、行け。ここの機材はおまえたちにやろう。オレのラジオ局もな」

「いけない。もっと教えて欲しいことがある。あんたもここを出るんだ！」

「それはできないね。オレにはここでやるべきことがある。最後のオン・エアだ！」

ファーザスがラジオでそう叫ぶが早いか、メリメリと音を立てて彼の身体が変形していった。シメオンの柱に巣食う化物と同じように不気味な翼が背中を突き破って生えてくる。これ以上留まるべきではないとグウェンたちは部屋を出た。

口腔や声帯まで変形しているはずなのに、背後から届くファーザスの声は変わらない。低くしゃがれた、お馴染みの声だった。

「さあ、今夜も霧の彼方からお届けするファーザスの海賊ラジオの時間がやってきたぜ。ちなみにリスナーのみんなは何歳までおねしょをした？　オレは今朝だ。洪水の夢で起きたら世界はびしょ濡れだった。ざまあみろって感じだね」

10

「おまえら来るなって言ったろ！」

ファーザスのラジオ局から出ると、階梯を楽団のメンバーが昇ってくるところだった。

ナホト、ニャルスカ、ベアトリックス、エンジ。ゆっくりとグウェンが霧を剝がしていくと、それぞれの姿が浮かび上がった。死者たちの声も濃霧の向こうから聴こえてきそうな気がする。ハカオもまた塔ではなく、すぐそばにいるのかもしれない。

「グウェン、あんた自分で思ってるほど、なんだってうまく切り抜けられるわけじゃない」ニャルスカが言った。

これでグウェン楽団の創設メンバーが揃ったことになる。

「そーだよ。グウェンはけっこうドジだしバカじゃん、なあガム？」

とエンジが水を向けると、ガムは言いにくそうに「うーん、そうかも」と頷いた。

「知らねえからな、どーなったって」

憎まれ口を叩いても、グウェンの顔は心なしか綻《ほころ》んで見える。

グウェンはメンバーを守ってきたと思っていたが、結局のところ助けられてきたのは自分の方なのだと、いまさらながらに気付く。こいつらがオレの子供っぽい気まぐれにいつも付き合ってくれただけなのだ。

「急ごうよ、まだ事は済んでなさそうだ。できる事があるうちに行こう」

ハデスの階梯には、死んだランチシューターズのメンバーの亡骸《なきがら》が転がっていた。それもひとつやふたつじゃない。上の連中が迎え撃ったのだろうか。

さらに進めば、だしぬけに霧が希薄になった。

ざっくりとナイフで裂いたように視界が開ける。

「アラミス！」グウェンは知った女の名を叫んだ。「どうしてここにいる？」

後ろ姿のシルエットはゆっくりと振り向き言った。

「あら、グウェン。そっちこそどうしてここへ？」

「なぜランチシューターズは――それに階梯はどうして破壊された？」

交錯する問い。そしてややあって沈黙が流れる。

「ま、まさかあんたがやったんじゃないだろうな？」

グウェンが言うと、アラミスの艶《つや》やかな笑みは影を潜めた。

「ええ、実はそうなの。彼らは危険だから。橋の上の人たちとはじめてお目見えするのはこんな無作法で粗野な連中であってはならない。そうでしょ？」

「でもだからって」とガムがふるふると首を振る。

「奴らは音楽と霧の力を使って橋の上に攻め入ろうとしていた。ずっとゴミをあてがわれてきた怒りと屈辱をぶちまけるつもりだったのよ。あのままじゃ悲劇が起こってたわ」

「もう悲劇は起きてるじゃないか。なぜオレに相談しなかった？　あんたは一体何をしたんだ？」とグウェンが詰め寄る。

階梯がまもなく橋梁に届きそうなほどの高さにまでグウェンたちは昇ってきた。

アラミスは単身で、不気味なほど落ち着き払っている。

「戦争を仕掛けるにしろ——ランチの連中は弱い。まだ時期尚早だわ」

「な、何を」グウェンは耳を疑った。「何を言ってるんだ？」

目の前にいるのはグウェンの知るアラミスではなかった。いや、事によるとこれが彼女の本性なのかもしれなかった。

「私ひとりにも抗えないギャングたちじゃ、物資と組織力に優る上の軍勢には歯が立たない。そうでしょ？　塔から橋へ、そのまた下へと落ちてきた少年くん」

アラミスはガムに向けて含みのある視線を投げる。それは侮蔑《ぶべつ》とも同情とも取れる不思議な色合いをにじませた。

「あなたも、もしかして上から？」

「ええ」とアラミスはガムの言葉を認めた。「私はある僻村《へきそん》で生まれ、塔を崇める教えに従わなかったばかりに魔女と呼ばれ、迫害されたの。ただ心のままに生きていただけなのにね。橋桁から死者を投げ落とす橋葬を知ってるわよね」

「もちろん」ガムは頷いた。

アラミスがリネンの上着をはだけると、そこには大きな火傷の痕があった。

「私は生きながら橋の上から打ち捨てられた。死者に等しいと見なされてね。底の知れない霧の中を落ちていく最後の瞬間、村の聖職者が最後にこう言ったのが聞こえた
――」

「塔のご加護を」腹立たしさと諦念を込めてガムは言った。吊民たちは塔を死の象徴と忌避《きひ》するけれど、上では神の恩寵の形なのだとグウェンはガムに聞いていた。

「私はあなたと同じように幸運にも生き残った。下の暮らしは貧しかったけれど、それでも私には自由があった。あなたが感じたみたいにここは楽園だったわ。でも、グウェン、あなたが音楽の秘めた力を見つけてからは、ある衝動に気がついたの。それは復讐」

ぶっすりと聞き入っていたエンジが割って入る。

「ふーん。で、上の連中が禁じている音楽を使って、お礼参りしようってわけね。それって極めて健全な感情だよね。あたしだってそうすっかも。でも、あたしらの未来まで巻き込んでグチャグチャにするなら、そいつはちょっとばかり迷惑だね」

「オレの本であんたはさらなる力を手に入れたのか。そいつはここの暮らしをもっとよくするために託したものだ。あんたの復讐とは関係がない」

とグウェンが声を張る。

「悪いけれど本を返すわけにはいかない」

悠揚《ゆうよう》迫らぬ口ぶりでアラミスは言った。

「もともと軽度の言語障害のあった私は霧を毒に変える例の発音が出せなかったから、上で暮らすにもマスクは必要なかったの。でも、ここへ落ちてくるまでそんなこと知らなかったから橋ではいつも着けてた。少年、あなたは吊民たちの一員となってマスクを外したそうだけど、私はこれをもう一度つける。あなたとは反対に、ここの人たちと決別するため」

右手にあったマスクをゆっくりと顔にあてがう。

それは、ゴミの中の動物図鑑にあったジャッカルという動物の顔に似ていた。

アラミスの声が、首に手をかけられたようにくぐもって響いた。

「ごめんね、グウェン。ここで死んで欲しいの。私はあなたの楽団を吸収してもっともっと大きな力を手にする。でも安心して。ちゃんと橋の上の連中は皆殺しにして吊民たちを幸せにするから」

「正気かアラミス？」

キャットウォークに立てかけていたヴァイオリンをアラミスは手に取って構えた。

あれはゴミではなく、デゴーア・ミリュトゥスの本から図案を引き写し、職人に再現させた特注品だ。弓だけは廃棄物からグウェンが見繕《みつくろ》った。

もはや言葉はなく、〈激浪《イグニ》〉という奏法でアラミスは楽器をかき鳴らす。

すると一瞬にして霧は灼熱と化す。

「こうなりゃやるしかないぜ」とニャルスカが喚く。

グウェンの楽団のメンバーもそれぞれに楽器を構えた。

「セットリストは頭に入ってるな？」

グウェンは長年苦楽を共にしてきたメンバーに目配せする。

こうして争闘の音楽がはじまる。

11

ナホトはタマをリズミカルに打ち鳴らし、緊張にそぐわぬ楽し気なムードを作り出した。ベアトリックスもトーキングドラムでそれに続く。

「〈断熱のルンバ〉だ！」

合図とともに楽団のメンバーたちは引きも切らず音の海に飛び込んでいく。

指揮者のグウェンはホイッスルを吹き、ニャルスカのアゴゴが火花を散らす。エンジは手拍子にボイスパーカッションを合わせた。楽団の音響が霧に働きかけて熱伝導も対流も存在しない真空のドームを構築すると、アラミスの熱の波動は虚しく立ち消えた。

「さすがね、グウェンの楽団《バテリア》。手強いわね！」

ヴァイオリンは暗い不吉な調べを奏でた。

霧が波打ち、どっと奔流《ほんりゅう》となって押し寄せる。

キャットウォークの狭い足場から放り出されてしまえば一巻の終わりだ。

ニャルスカが霧を四方へと逸らし、ナホトがそれを大粒の雨へと変える。

しとどに濡れてアラミスが妖しく笑う。

「リハーサルはこんなところでいいかしら。本番はここから。お次はもっと荘厳《グラーヴェ》に重々しく」

ミシミシと足場が軋んだ。楽器も手足も重しを乗せたように下方へと押し潰される。

「動けないでしょう？　霧はこんなふうにも使えるの」

ランチシューターズの造った決して堅牢《けんろう》とは言えぬキャットウォークの一部が軋み、メキャッという不快な響きを立てて圧壊した。ベアトリックスが落ちかけるが、グウエンがその手を取って強引に引き上げる。通常の何倍もの重みのため肩に激痛が走る。

「クソッ、〈滑脱のメレンゲ〉」

グウェンらは速やかに反攻に転じる。

特徴的な二拍子のリズムは、霧を滑りやすい液体に変える。つるつると足元がおぼつかなくなり、アラミスは転びかけるが、〈空行の旋律《ラーガ》〉を解き放つと、驚くべきことにその身体がふわふわと宙に浮かんだ。

「せこい技を使うのね。でも、これでわかったわ。あなたたちが寄ってたかろうとも私には勝てない。このヴァイオリンひとつで事足りる」

見惚れるような指使いで〈激発のソナタ〉が奏でられる。

霧の粒子のひとつひとつにとてつもないエネルギーが充塡《じゅうてん》されるのが肌を通して感じられた。上層で爆発を引き起こし、ランチシューターズを虐殺した曲――あまりの奏法の激しさにアラミスの胸元から例の本がはみ出した。グウェンが痛恨の思いに囚われる。あれを彼女に渡しさえしなければ、と。

「ガム！　さっきの機械を。それにエンジ、そいつに電気を起こせ！」

グウェンが一か八かの賭けに出る。

「でも、あれは！」とガムが戸惑う。

「ああ、何が起こるのかわからない。でも仕方ない。このままじゃみんな死ぬ」

ガムは手の平サイズの金属球を取り出した。

ファーザスが別れ際に餞別《せんべつ》にと持たせてくれたものだ。

――ここにオレの最高の音楽がたくさん入ってる。電気を通せば、曲がランダム再生されるはずだ。何が起こるかはお楽しみだな。

どちらの音楽が早く霧に作用するか、入力のスピードが勝負となる。

アラミスに先んじられているが、その曲の構成上終結までに猶予がある。

本来なら演奏の複雑さから力ずくで取り押さえられるほど隙のできる曲だった。しかしアラミスはいまや中空に浮かんでいて物理的に手出しすることは叶わない。

ならば――とグウェンは決断したのだ。

エンジの弾むような口腔からの音が電気を生み出す。無機質だった金属球は命を吹き込まれたように七色の光を放ち、この霧に包まれた高所をダンスホールさながらに見せる。

清澄な〈激発のソナタ〉の調べに拮抗《きっこう》するように、騒がしい音楽が金属球から放たれた。

――untitled 388
球の表面に浮かぶ小さなスクリーンに文字が流れる。

楽器では作り出せない精確なテンポとピッチ。ただしそれは杓子定規な堅苦しさとは無縁で、限りなく自由で開放的な揺らぎがあった。

音楽は霧をプログラムするとファーザスは言った。この陽気でエキゾチックなフィーリングが霧にどう作用するのか、まるで見当がつかない。

グウェンの楽団は金属球から流れるビートに乗せて思い思いの音色を重ねていく。

入力が終わるのは——同時だった。

肌と鼓膜を揺さぶる爆発音。

死と崩壊を覚悟した。グウェンたちは身をすくめ、次に眼を開けた場所はもうこの世でないことを予感しつつあった。

そして実際、薄く開いたまぶたの間から見えた光景は、死後の楽園と見紛《みまご》うものだった。爆発音は破壊の一撃ではなく、大きな花弁の開く音だった。赤い五弁の花びらが霧の中に咲き乱れる。

「なぜ?」とアラミスは困惑に打ち震えて、空中での挙動を狂わせ、ジャッカルめいた面のまま逆さまになる。「あなたたちの音が私の曲の効果を上書きしたというの?」

「かもな」とグウェンが安堵の吐息を漏らす。

アラミスの懐から漂い出した本。いまや命よりも貴重なその本を女の手が慌てて掴み取ろうともがいたとき、何か大きな黒い影が彼女の身体を引っさらっていった。

「な、なんだ?」ナホトが怯えた声を上げる。

いくつかの人ならざるシルエットが空中に超然と浮かんでいる。

その数六体。あれは塔のクリーチャーだ。

いつも遠目からその蠢《うごめ》く不気味な姿を眺めていたが、翼ある巨軀《きょく》と総身を覆う鱗《うろこ》にグウェンたちは言葉も出ない。ねじくれた角には雷光が絡みつき、爪の先にはトーチのような火が踊っている。これがファーザスの言っていた塔からの刺客なのだろう。

「きゃああああああああ」とアラミスが叫ぶ。

なぜ彼女だけが狙われたのかグウェンにはわからなかった。

「アラミス！」ガムが怒鳴った。

別の一体が、ぐったりとしたファーザスの身体を足に摑んでいた。

おそらくもう生きてはいない。グウェンは歯軋りした。

音楽の知識の漏洩《ろうえい》を防ぐために襲来した化物どもが、なぜグウェンたちでなくアラミスをさらっていったのかといえば、おそらくファーザスの書いた本を持っていたからなのだろう。この金属球も、龍の眼を持つという塔の子たるガムが持っていたのでなければ、奴らの標的になっていたかもしれない。

怪物たちは現れたときと同じく、気配もなくかき消えた。

すべては一瞬の出来事で、吐息よりも速やかに運び去られ、二度と戻らない。

両親やハカオを失ったときと何も変わっていない。

またしてもグウェンは無力だった。

赤い花は、ふわふわと霧の中に漂い落ちていく。グウェンはそれを一輪でも摑み取ろうと手を伸ばすが、花弁は散り散りになって指の間をすり抜けてしまう。

エンジはグウェンの肩を叩く。

「あたしらは、やるだけやった」

「オレの音楽は何にもならなかった。それどころか人が死んだ」

「かもしれない」とガムが霧の底を見つめて言う。「たくさん死んだよ。でもグウェンの音楽はボクを生かした。他にもたくさん――ほら、アンダーサッドだ。聴こえるだろ?」

突き上げるような響きが、ハデスの階梯を震わせた。

下で吊民たちが音楽を奏でているのだ。災厄に見舞われてさえ、人は慟哭《どうこく》を奏でることができる。それはきっと慰めだった。しかしグウェンの心は演奏中に切れた弦のようにぷっつりと張りを失い、深い霧に呑まれそうになる。ハカオのように断崖から落ちてもいいとそんな捨て鉢な気になり、思わずキャットウォークを跨《また》ぎ越えようとした――そのときだった。

橋の上から雨粒のように音楽が降り注いだ。

アンダーサッドに呼応するように、橋梁の上からも賑やかで温かなメロディーが溢れ出し、塔がもたらす死の誘惑を霧散させた。腹の底から何かがこみ上げてくる。名付けようのない、それは激情だった。大きな距離を挟んで二つの世界がセッションする。交わることのなかった両者が音楽を介してメッセージを送り合う。ガムとベアトリックスが目配せを交わし、演奏のきっかけを探り合う。いつだって音楽はここから始まる。

上下の層の間で発生する音の軋みが、霧を鮮やかな光へと変えていく。これは想像だにしなかった新しい現象で、団員たちは思わず眼を奪われてしまう。

グウェンは使い慣れた楽器を手に取ると、虹の七色の中へ美しい調べを解き放つ——いや、そうじゃない。廃棄物に過ぎなかった楽器によってグウェン自身が解き放たれるのだ。音楽は霧よりも光よりも自由に流れて、決して滞ることはない。

龍の襟元にキスをした

人間六度

人間六度（にんげんろくど）

作家。漫画原作者。

1995年愛知県生まれ。

2013年に白血病に罹患し、臍帯血移植ののち寛解。

日本大学芸術学部文芸学科卒業。

『BAMBOO GIRL』（文芸社）で商業デビュー。

その後、『スター・シェイカー』で第９回ハヤカワSFコンテスト大賞、『きみは雪をみることができない』で第28回電撃小説大賞メディアワークス文庫賞を受賞。小説すばるなどで執筆し、楽曲ノベライズも手がける。

ボカロが好き。

本作はハチ氏楽曲“WORLD'S END UMBRELLA”からインスパイアを受けました。

人と龍が同じものだった。

そんな時代があった。

肥沃《ひよく》な土と豊穣の海が、無限にも思える多様性の彩りが、水平線の向こうまで広がっていて、見渡す限り美しく、いつまで見ていても飽きはしなかった。

星の深部まで根を下ろす寿大樹《じゅだいじゅ》の、太く勇壮な幹へと腰を下ろして、三本脚のカエルの鳴き声とせせらぎを感じていれば、自然と瞼《まぶた》が落ちる。三つの太陽が互いの重さを支えるために複雑に体位を変えるたび変わる景観は、劇場のようだった。

創翼期《そうよくき》と呼ばれたその原始時代より幾星霜が流れ、龍と人は分かたれていった。

龍の血の濃いものは龍へ。

人の血が濃いものは人へ。

家畜と果実を食して地に根を下ろして暮らす人と、天空をねぐらとする龍が、互いを肯定し合い、優先し合って生きる、そんな時代が在った。

龍が人から空を奪うその日まで。

二千年前。

朽翼期《きゅうよくき》の始まりである。

人と龍が争ったのは、それが初めてのことではなかった。人がそうであるように、龍にも悪いものと、善いものがあった。しかし龍は往々にして人より温厚で、寛容であった。龍は翼のない人を労《いたわ》った。道端で顔を突き合わせることがあれば、必ずと言っていいほど龍が譲った。龍が人を害することなど百に一つもなかった。

ただいちど、この時を除いて。

龍は、何かに焦っていた。取り憑かれていたようであった。戦争とさえ呼べないような一方的な蹂躙《じゅうりん》ののち、世界を見下ろすような高層の塔《塞門の柱《サイモン》》に籠り、分厚い晴れない雲《天井》によって空を覆った。

以来、人は太陽を見ていない。

三つの太陽は全て龍のものとなった。

大地に届く光は、《天井》の切れ目から注ぐ僅《わず》かのみ。耕作地帯は激減し、日光が乏しくとも育つモグライモが開発されるまでの二百年近く、人は飢餓と隣り合わせの生活を強いられた。

《天井》により分かたれた、二つの種。

しかし今やそんなことすら忘却の彼方にある。光とは桃源郷の代名詞になり、事実は錆《さ》びて伝説になり果てた。

そして迎えた閉翼《へいよく》二百九十年の、夏。


虹色の廃液と、腐りかけのネズミが転がった、風通しの悪い路地だった。

十五歳前後の少年と少女を、青年男女のグループが囲んでいた。

少年は、少女の前に庇《かば》うように立ち、大した太さもない両腕を広げて、青年グループを睨《にら》んでいる。

この少年の名は、イシキという。

イシキはそんなことほとんど無意味だと知りながら、まずは言葉でその場を取り持つ努力をした。

「よせ。やめてくれ」

青年たちの顔が、カビの生えたパンを眺めるように歪む。まるで少年が息をすることさえ目障《めざわ》りと思っているかのようだった。

「俺たちは、バスに乗っただけだ。席には座ってないだろ？　ちゃんと、立っていたじゃないか」

イシキにとっては譲歩に譲歩を重ねた言い回しだった。

ここまでへりくだれば流石《さすが》に大丈夫だろうと、彼は思っていた。

「なんでバスに乗る必要があるんだよ」

しかし街に根付く差別意識はいつも、イシキの予想の遥か上をいく。

「飛べよ」

地面を、歩いてんじゃねえよ。

地面は人間のもの。

龍は飛んでいればいい。

だが、あながち無茶苦茶な話でもなかった。少年は実際に飛ぶことができた。ただ、公道の上空を飛ぶことは法律で許されておらず、そして公道はそこらじゅうに網目状に張り巡らされている。結局「飛べ」という命令自体がナンセンスで、つまりは――

ただの嫌がらせだった。

「お前は明らかに龍なんだから、そんなやつが人間の乗り物に乗っていいはずがないだろ？　それともその気持ち悪い突起が、理性的な思考を根こそぎ奪っちまうのか？」

グループの一人にそう告げられ、少年は額に手を伸ばす。

そこには、確かに角があった。

まるで刀のように反った一本の角。雷のような筋の入った紺碧《こんぺき》色のそれは、見事な造形品のようだが、根元は完全に彼の頭部と繋がっている。禍々《まがまが》しい生気を帯び、彼が人ならざるものであることを衆目の元に明かすスティグマ。

龍の因子。

だが、彼は龍そのものではなかった。

因子を持っているというだけで、完全な龍ではない。龍の能力を一部持ちながらも、背骨は人間と同じように背中の内に格納されているし、五指には薄いピンク色の爪が張っているだけで、鋭利な鉤爪など跡形もない。皮膚もどちらかといえば色白で、猛々《たけだけ》しい鱗《うろこ》など見る影もない。

それでも頭に通ずる一本の角は、彼を龍たらしめるのに十分すぎた。

「キサキが、気分が悪そうだったから。病院に連れていきたかっただけだ」

「喋んなって。息が生臭いんだよ」

グループの女が、イシキの肩を押した。

弱い力ではなかった。汚水のためか、腐食したコンクリートの壁へと、イシキの体は叩きつけられた。だが彼は、自分の体がどうなろうと、あまり興味はなかった。

彼は、つまらない反応をすることで、いつか攻撃者のグループが飽きて、この場を去ってくれることを願うのみだった。

「あと、そこの女」

グループの女が、しかし、その均衡を破った。

槍玉に挙げられたその少女の名は、キサキという。

最初から壁に背中をピッタリとくっつけ、イシキのことを時折心配そうに見ながらも、顔を伏せて黙りこくっている少女へ、グループの女が詰め寄った。

「さっきからウジウジと。男ばっかに喋らせておいて、てめーもなんか言えや」

キサキの体へと伸びる、女の腕。

それを、イシキの右腕が止める。

「ダメだ、それは」

女の顔が苦痛に歪んだ。慌ててイシキは手を離したが、女はやたらめったらと叫び散らした。

グループの一番体格の良い男がしびれを切らし、手を挙げた。

それが――次の瞬間には、人が、四散していた。イシキを中心に、放射状に吹っ飛んでいたのだ。まるで見えない爆発に巻き込まれでもしたかのように。

キサキは目を伏せた。

猛烈な勢いで壁に叩き付けられ、二名は気絶し、残りは両手を挙げてみせた。

「こいつ…… 龍威《フライト・パッケージ》を……！」

棒立ちする男がこぼした言葉は、龍の因子の一つを示す。

龍に備わった、空を飛ぶための能力——いや、飛行に関するあらゆる状況を制御する一括《ひとくく》りの機能。それは近代科学における飛行機の航行システムに似るところから、今ではフライト・パッケージと呼ばれている。

今のはちょっと、エンジンを吹かせてみた、といったところだった。

イシキは、人の形をした戦闘機なのだ。

「行こう、キサキ」

これ以上は、ここにいるべきじゃなかった。街中での龍威の発動は、厳罰対象だ。

イシキの肩を借りて、少しよろめきながら路地裏を出る。

「いつも守ってくれてありがとう」

その少女の腰からは、細長いケーブルのような尾が揺れる。


『白痴《はくち》の丘』は、かつて軍の兵器開発拠点だった。

だがどこを見渡しても宿舎や研究機関の跡はおろか、舗装さえ見当たらない。かといって草木が生い茂っているのでもない。一面に広がるのは爆心地のようなクレーターと、地雷原の立て札が両脇を固める死地である。

人が戦争をする余裕を失ってから、どれほど経ったろう。

人の害意も今や、路地裏で行使される瑣末《さまつ》な暴力に落ち着いてしまった。

この、人の寄りつかない場所にイシキとキサキが訪れるのは、空を睨むためだ。


「いつも守ってくれてありがとう」

イシキはかつて、その言葉を伝える側だった。

ギンという男は額に二本の非対の大角を持ち、槍のように尖った耳、万華鏡のように輝く瞳、さらに腕と同様の器用さで動かすことのできる尻尾を持ち合わせた、この世で最も龍だった男。

ギンはイシキとキサキの育ての親であり、良き兄でもあった。ギンは言葉や基礎教養のみならず龍威の操り方を教え、ゲットーの片隅で二人を育てた。

ある日市場から帰ってきたギンは、荷車いっぱいの食料を引いていた。穀物や肉、果物、香辛料、そして塩と砂糖。それらを使ってギンは、大量の保存食を作り始めた。

保存食作りには三日三晩を要した。イシキとキサキは、たえず食べ物の香りの漂う台所を訪れては、なぜそんなに食べ物を作るのかと、ギンに訊ねたものだった。

ギンはしかし、黙って作り続けた。

四日目のその日、ギンは保存食の一部を使ってサンドイッチを作り、バスケットに入れて白痴の丘に向かった。その日の天気は本当に恵まれていた。雲間から三筋の光が射していたのだ。十年に一度の奇跡だった。

それは三人にとって、人生で最も幸福な昼食の時間だった。

レジャーシートをバスケットに戻すと、ギンはおもむろに立ち上がり、イシキとキサキを交互に抱きしめた。

彼はそして飛び立った。

追いかけようとしたイシキの足が、しかし地面を離れることはなかった。泣き喚くキサキの手の温度だけが、今もリアルに残っている。

ギンはそれ以来戻らない。


家を出た時、扉が閉まっていくのが酷くゆっくりに見えた。

ギンも同じだったのかな、とイシキは考える。

朝目覚めるといつも、ドレッサーの上に置かれた写真立てが、ぴんと背筋を伸ばして出迎える。ハンモックから降り、写真立てを叩いて倒す。それがイシキの日課だった。

イシキが何度倒そうとも、イシキより早く起きて食事の用意をするキサキが立ててしまっているので、毎朝その写真と向き合う羽目になる。いっそドブにでも投げ捨ててしまおうとも思ったが、でもそれほどの勇気はない。

ギンとキサキと、三人で撮った最後の写真。

だから、自分の足が白痴の丘に向かっていると知って、イシキはうっすらとした諦めを抱いた。

ギンも、同じだったのだろうか。

苔さえ生えない乾いた大地に腰を下ろし、イシキは、地上から《天井》へと通じる一本の細い糸のような塔を見上げる。

塞門。

《天井》へと通ずるその柱は人間にあだなす龍が作った構造物とされ、最高法によって踏み入ることをかたく禁じられている。

「俺たちの先祖は何のために人間から空を奪ったんだろうな」

イシキが訊ねると、キサキは静かに答えた。

「先祖っていう表現が合ってるかどうかはわからない」

龍の因子は遺伝しない。

さながら命の螺旋《らせん》の中で明滅を繰り返す弱い灯火のように、一見不規則に発現し、人の生に降りかかる。

「じゃあ古代人でいいか？」

「それもしっくりこない。イシキはいつも語選が悪い」

キサキの言葉に、イシキは頭をかいた。

キサキはいつも、自分の考えの先を見通している。イシキにはわかっていた。だからこの後にどういう展開になるのかも、おおかたは読めていた。あとはタイミングだけだった。

「あのさ――」

「わかってた。行くんでしょ？」

風が、二人の間に割って入った。

ほら、やっぱり。

「いつから」

イシキはゆっくりと訊ねた。キサキの返答に躊躇《ためら》いはなかった。

「ギン兄《にい》が行った日に。あなたの屈辱と、羨望が混じった目を見たら、ああこの人もなんだ、って。私は思ったよ」

その深い緑色の瞳の中に、イシキは全てを見た。

キサキがギンを愛していたこと。その傍《かたわ》らでいつも彼女を眺めていた自分自身。ギンが飛び立っていった時、残るのは二人なのだと知った時、確かに喜びを感じたこと。

涙の一滴さえ燃焼剤と変え、彼を止めるために飛び立とうとするキサキの手を、さらうように握ってしまったこと。

けれどその覚悟すら、今まさに、自ら裏切ってしまった。

何よりイシキの心を打ったのは、彼女の表情に責める感情が少しもなかったことだ。

キサキはただ、手をふる準備をしていた。

「イシキも、龍が差別されているのが許せないんだよね。納得できないから、真実を知りたいから、飛んでいってしまうんだよね」

キサキはきっとわかっている。わかっていてあえて言葉にしていない。そういう大義名分の裏に、ギンを超えたいという下心が燻《くすぶ》っていることを。

「そんな大層な理由じゃない。俺はこれ以上、人を演じていられる自信がないだけだ」

「私、待ってるからね」

「おい、だから言ったろう、俺はもう――」

その時、キサキが不意に体を傾けて、イシキの襟元に唇を押し当てた。

まるで薪をくべられたように、体内の熱が燃え上がった。それはエンジンを極限まで温め、龍威を激しく輪転させた。

イシキは地面を離れた。

龍の飛行行為とは航空機のそれに似るが、同一ではない。

離陸には疑似翼による揚力《ようりょく》を用い、そのまま水平飛行へと移行すると、エンジンを利用した高速移動が可能になる。

背骨の左右に突き出た三つの突起が疑似翼を発生させる根に当たる。

イシキは一気に離れていく地面を眺めながら、背中の筋肉を奮わせ、水平飛行を始めた。

照準するのは禁足地。生まれた時からそれを見上げ、睨み続けてきた。でも、今日は違う。塔が、目線の高さにある。

「第二点火――」

体の中に折り畳まれた熱気を、内側から震え上がらせるような感覚。薄緑色の疑似翼は紅く染め上がり、速度も増した。

全力で飛んだのはいつ以来だろう。

心地よかった。

見下ろす人々が粒のように見え、イシキはそれまで抱いていた負の感情が、カケラも残っていないことに気付く。これほどの高度ともなれば、公道の上空を飛んでいるという気にすらならない。差別を受けていた記憶はあるし、キサキのことは今だって心配だ。けれど、本能というのはかくも心を滑らかにする。

風圧が増してくるにつれ、視界も塞がってくる。イシキは頑健《がんけん》な龍鱗をイメージした。すると頭頂部から額を抜けて、鼻先へと伸びるような薄緑色の壁が生ずる。

鱗《スケール》は思念の壁であり、フライト・パッケージの一部である。

「ギンもこの光景を見たんだろうか」

想いを馳《は》せては、はたと思い直す。

それは卑怯だ。

俺はギンとは違う。ギンを言い訳にここに来たんじゃない。彼が何を追い求めていたとしても、それを手に入れたところで自分に対する誠実さを貫き通せるのか？　ギンの望みをなぞって空というものを本当に見つけられたとしても、それはギンの空でしかない。

随分と飛んだ。

白痴の丘から見えた落書きのような塔が、今や視界の端から端までを埋める巨壁と化していた。距離感《カメラ》も平衡感覚《コンパス》も狂わすスケールだった。

「でも、ギンはここを超えていった」

結局、都合の良い時だけ引き合いに出して、その名前を使っている。だがそれを悪い事だとはもう思わない。イシキがライバルとして、師として、兄貴として、接することのできる男は、もはや記憶の中に幽閉されたギンだけなのだ。

あと一キロという距離に迫ったところである。

「角《ホーン》」

スケールを何重にも重ね合わせた槍を突き立て、イシキは突撃を試みた。

「口を開け、塞門！」

龍威が最高潮に達した時、塔の灰色の外壁まで、僅か百メートル。

その一秒間だけ、イシキは目を閉じた。

直後、巨大な槍が、塔の外壁に突き刺さると、大爆発とともに破砕した瓦礫《がれき》が表面から抉《えぐ》り取られ、空へと放り出された。外壁が木っ端みじんに砕けると、イシキは、ついに塞門の内部へと侵入を果たしたことを実感する。

まず足場があることに安堵し、次に頬を滑る血の筋を感じる。眉の上に軽い切り傷ができていた。

「分厚い壁に穴をあけて切り傷一つ。自分で言うのもなんだけど、マジで気持ちわりーな龍ってのは」

軍事機関はこれまで幾度も、龍の因子を分離する実験を行ってきた。

だが叶わなかった。

龍威は化学反応ではなかった。生化学によって定義することを免れた、いわば分子の配置の一定のパターンに宿る魔術的状態であり、個体に紐づけられた力だった。

龍は圧倒的な力を持つ。

けれど個体に宿る力など、個体数の力に比べたら児戯《じぎ》である。龍の因子を持つ人々が、差別を受けている状態を一向に打開できない理由も、その圧倒的な数の偏《かたよ》りにあった。

「だから一人で来たんじゃないか。龍は一人なんだ」

言い聞かせるように囁《ささや》く。

煙が晴れて、やっと自分がどんな場所にいるかがわかってくる。ひんやりとした、馬鹿でかい円形の空間だった。藍とも青とも言えないくすんだ色の床、壁、天井。それと２０４と書かれた錆びたプレートが天井付近に微《かす》かに見える。

「二〇四階。高いのか低いのかいまいちわかんねーな」

見渡す限り何もない。

加えてこの埃っぽさだ。

「いや、待てよ」

円形空間の中心に、溝があった。溝は放射状に伸びていて、読めない文字の記された扇形のパネルへと通じている。

イシキが近づくと、微かに、文字に光が宿る。

次第に溝を通って、銀色の液体が中央へ集まり始める。液体はかさを増し、積み上がり、すうと背を伸ばすと、背の高い一年草のような恰好になり、頭部をぱっと開花させた。

「俺を認識した？」

ぴりぴりと、角や疑似翼の根元に電流が走るような感覚が、その考えを撤回させる。

「違う。俺じゃなくて俺の《龍》を……」

人の身に宿した龍の本能が、イシキにそう確信させた。

これは紛れもなく龍が設計したシステムだ。だからこそ同族を認識したのだ。

臆さず、中心部へと足を進める。

金属の花は手をこまねいて、その様子を見ているようだった。

龍の知恵は地上では滅多に見ない。何しろ古代遺産という扱いで、一部の考古学者が占有しているためだ。ただイシキの知る唯一の博物館には、龍が作った船とされる模型が展示されていたことを憶えている。

それは妙な船だった。

甲板もマストも、オールも無く、全面を鉄で覆われ、左右と尻尾に三つの翼を持つ巨大な船。普通なら沈んでしまいそうなもんだが、なんでも、空より高い位置を進むための船なのだとか。

そんな龍が作ったものなのだから、きっと仕組みを理解しようとしても、徒労に終わるに違いない。ただ、一つだけ考えてしまう。

この花は一体どれだけの間、訪れる者を待っていたのか。そしてたった今、たった一人でやってきたイシキのことをどう思っているのか。

花に表情なんてものはなかったが、その頭は、かつて咲いていたと言われる、ヒマワリという植物のように、イシキを追って首を回す。

その時。

花の表面が凹んだかと思えば、艶《なまめ》かしく変形を始め、やがて――唇を形作った。

唇は、ヌッとその身を開くと、奥底にたたえた伽藍堂《がらんどう》から声を発した。

『認証コード、２９３００X３９。識別階位、乙。オリジナルとの誤差、92％』

ぎくりと、肩を震わせる。

唇の動いて語る声が、どこかキサキのそれに似ている気がした。

「お前、喋れるのか」

『第二階層までの侵入を許可』

「喋れるけど会話はしてくれないわけか」

『第二階層まで、デアルチテューダーを使用しますか？』

「何だよ、デアルチテューダーって」

まったく聞き覚えのない言葉は十中八九龍の語彙だろうが、本当に舌を嚙みそうな言葉だな。

『使用する場合、領域に入り、バイパスに手をかざしてください』

２０４と書かれたこのフロアよりもその第二階層とやらの方が、《天井》に近い場所なのだろう。それぐらいはイシキにもわかった。いかに龍とて、垂直飛行は体力を食う。近道があるなら使わない手はない。近づいてこいということか。

恐る恐る、イシキは花との距離を詰めていく。そしてあと半歩で触れられるという位置に来て、花は再びアナウンスを始めた。

『バイパスに手をかざしてください』

「バイパスって何だよ」

『バイパスに手をかざしてください』

「だから、わからん言葉で喋るな！」

繰り返されるアナウンスに、段々と苛つきを憶え始めたイシキは、手を振り回し、空を掻いた。

丁度、その手が花の真上を通過した時だった。

『バイパスに接続されました』

別にイシキは頭でわからなくたってよかった。

龍の掌に反応して、龍の因子をより正確に認証するための機能、それがバイパス。

『デアルチテューダーを起動します』

足下から光が漏れ始める。それはみるみるうちに全身を覆い尽くした。

咄嗟に閉じた瞼を、再び開けることを躊躇う。瞬きの間に感じた得体の知れない感覚——全身がバラバラに砕けて、再びパズルのピースを合わせるような体感が、二度襲ってくるのではないかという恐怖があった。

だがイシキの身構えをあざけるように、昏は述べた。

『以上でデアルチテューダーの全工程を終了します』

昏の花は、再度液状化すると床のくぼみを流れていった。

イシキにとっては一瞬の出来事だったが、システムにとっては幾つもの工程を踏んでいたらしい。そう考えるとあの感覚も、あながち文字通りのものだったのかもしれない。

一瞬でバラバラになって、一瞬でくっついた。

何のために?

「ここが、第二階層——」

息が白んだ。

続けて、鳥肌が全身を包んだ。靴が触れている床に薄く氷が張っていて、2という文字の刻まれた壁掛けのプレートからは、氷柱が垂れ下がっている。どうやらこの塔は、上に登るほど階を示す数字が若くなっていくらしい。

フロア全体を見渡し、光が漏れる綻《ほころ》びを見つけたイシキは、駆け寄った。しかし覗き込もうとしても、吹き込んでくる冷気が冷たすぎて、直視に耐えない。

その凍える空気が何よりの証拠だった。

ここは紛れもなく空まであと一歩の場所。少し飛べば《天井》を突き抜けることができるはずだ。

こんな冷凍庫のような場所に長くはいられない。

イシキは階段を探し始める。

「しかし想像以上にぼろいな」

内壁に沿って歩くと、二〇四階層に比べ、酷く風化していることがわかった。まるでこの場で戦争でもあったのではないかと思わせるほど、壮絶な破壊痕。

「戦争……？」

だとしたら、何と何が争ったというのだ。

龍の仲違《なかたが》い？　それなら、これだけの破壊では済まない。

では人が龍に挑んだ……？

そもそも何故、イシキは第二階層までの立ち入りを許可されたのか。

逆に言えば何故、第二階層で、昼の花はエスコートを止めたのか。

答えは、すぐに知ることになる。


キサキは暫《しばら》くの間、まるで勇んで投げた紙飛行機の帰りを待つかのように、ただ呆然と空を眺めていた。

しかし時間が彼女に気付かせる。いくら眺めていようとも、川が逆流することはないし、先に岸を出たイカダを追い越すこともできない。

こうなって良かったと晴れやかに思える自分がいて、その隣で寂しさをひた隠しにする自分がいる。

ギンが姿を消したその日から、人を見送る練習を始めた。見送る人間に必要なのは結局のところ、寂しさを堪《こら》えるための笑顔なんかじゃなかった。自分が守られていたという事実を噛み締め、過去に思いを馳せる、そういう健気《けなげ》な姿勢だった。

わかっていたはずだ。

備えてきたはずだ。

それなのに、上手くできなかった。あの時何故、待ってるから、などと言えたのか。

考えれば考えた分だけ、正しい餞別《せんべつ》のやり方に霧がかかる。

「私って、結局何だったんだろ」

今はイシキが目指したものを、遠く眺めることしかできない。

でもそれが見送る側の然《しか》るべき態度だと知っている。


「いつからそこに居た！」

イシキの声がフロアに響き渡った。

異様だった。

龍の鋭敏な皮膚触覚を持っていながら、気付くことができなかった。

人間のようなものがそこにいた。

卵のような胴に、図体の割に長い手足を持ち、スマイルマークが浮いた球状の頭部が載る。人型だが、輪郭が滑らかすぎて逆に不気味である。

『私は迎門《げいもん》安全回路。私の使命は安全の確保です。私には対人接客プログラムが組み込まれています』

「なんだ、今度は接客慣れしたヤツが出てきたな」

笑ってしまうほど律儀なやつ。

唇とは大違いだ。

「俺は第一階層に行きたいんだが」

『それは危険です』

そう割り切られ、言葉につまるイシキ。

だがこの人形《ひとがた》は安全を確保すると言った。第一階層までの何らかの『危険』を、取り払ってくれることはありがたい。

「俺は安全に第一階層へたどり着きたいんだが」

『それは危険です』

自分の力ではあなたを守りきれません、と言っているのか？　というかそもそも、この人形はイシキをどんな危険から守ってくれるというのだ。

「第一階層へ行くのはそんなに危ないことなのか？」

『それは危険です』

「だから！」

『重大危険が感知されました。これより危険の排除を遂行します』

人形の左腕が風船のように膨れ上がる。重大な危険に対して人形がとった行動、それはイシキめがけて拳を振り下ろすということだった。

爆音とともに、地面が抉れてめくれ上がる。

『重大危険の排除が確認されませんでした。危険度更新。七番までのアクセサリーの解放を申請。偶人化用意』

人形は、巨大化した腕に大きさを合わせるように膨らみ、息もつかぬ間に全長十メートルの巨体――偶人と化した。

偶人は薄緑の光を集め、甲冑のように纏《まと》った。

そこでやっと知る。『重大危険』が何であるか。どうしてこの階層はこれだけダメージを負っているのか。

「危険ってのは俺のことか！」

龍の因子を持っていたから、第二階層までは入ることを許された。しかしイシキは完全な龍ではない。因子を持つだけの、その身は人。そういう人間が何人も、イシキよりも昔にここに来ていたとしたら。誰もが第一階層を目指し、その行為を『危険』とみなされ、阻まれてきたのだとしたら。

『ふ　ふふ　ふふふ』

突然、笑い出したかと思うと、偶人は全身を硬直させた。

挑発でもしているのか。だとしたら龍というやつらも存外その程度の器。

「そうか、拒むんだな。やっぱり人は、龍様の世界には立ち入っちゃいけない」

こんな門番まで作って龍は人を遠ざけた。門番が人の形をしているのが、人を威圧したいという思いの何よりの表れだ。龍は直接手を下さない。

人は人によって蹂躙される。

太古の昔からそう決まっている。

『ふふふふ』

とにかく、今はこの障害を破壊することを考えれば良い。イシキは右手と背中に力を込める。

「龍威――」

フライト・パッケージによる気流操作を、極限まで精緻《せいち》に行うことで、掌の上に空気の膜を張るこの技は、ギンの考案だ。

偶人の背中に回り込んだイシキは、空中で身を翻《ひるがえ》し勢いをつける。イシキの狙いは装甲と装甲の僅かな隙間。

「爪《クロウ》!」

振り下ろされた龍の爪。だがそこにはすでに偶人の姿はない。

『ふ』

まさかと思った。しかしそのまさかが、すぐに確信に変わる。

人間の五倍ほどの高さのある巨体が、イシキの速度を遥かに凌駕し、移動してみせる。そんな所業。

振り向くのが恐ろしい。

でも振り向かなくては多分、次の瞬間には全てが終わってしまう。

『連結龍威《フライト・エンゲージ》』

塔の壁に風穴が空く。


朦朧《もうろう》とする意識の中、体は、瓦礫もろとも塔の外へと投げ出されていた。

空中にできた血の轍《わだち》。背中の左側面が抉り取られていた。

「擬似翼が……！」

何とか意識の手綱《たづな》を取ると、今度こそ龍威をまとい、絶望的な自由落下から体勢を立て直す。

そしてイシキは見る。

十二枚の翼を背中から生やし、頭部には六本の角をいただく異形を。

「生化学で再現できなかった現象をどうやって……⁉　くそ！　そこまでして、拒むのか！」

破壊された左肩を押さえながら、イシキは唇を噛んだ。

人に不可能だったことを、龍はこうも簡単に見せつける。

偶人は紛れも無く、龍威を御していた。それも、単純計算で六人分。

『重大危険の排除が確認されませんでした。再試行《リロード》』

「そこまでして世界を支配したいのか。そんなに龍は偉いのか！」

ふわりと、その巨体が浮き上がったかと思えば、瞬き一つのその間に、五〇メートル以上あったはずの間合いはもう詰められていた。

「殻《シェル》！」

手の甲に何枚ものスケールを重ね、光の盾を作り出したイシキ。

だが偶人の突進はイシキの体をいとも容易《たやす》く弾き飛ばす。

吐いた血が放射状に飛び散るところが、やけにハッキリと見えた。

真横へと飛ぶイシキ。下方の雲には、自分と偶人の影が映る。上方には、またも雲。

ここは《天井》とその下に張る雨雲の間の領域。なんとか高度を上げ《天井》を突き破りたいが、そんな隙はない。

イシキは龍威の全てのエネルギーを疑似翼に回し、飛ぶことだけを考えた。しかし力めば力むほど、抉られた肩から血が噴き出る。高度はゆうに五千メートルを超えている。頼れるのは、己の心臓《エンジン》だけ。

すぐに回り込まれる。

十二枚の翼が、再びイシキを襲う。

『連結龍威――《抱擁》』

偶人の背から、数えきれぬ量の紅い光が打ち出される。それらは全速力で飛ぶイシキに四方から迫る。光弾には追尾性があった。

爪を使い、弾丸を打ち消す。だがそのために体は、速度を失う。

どうやらそれは偶人の思惑通りだった。

『連結龍威――《握手》』

イシキの爪がダガーナイフなら、偶人のそれは巨斧《きょふ》だった。

塔の周りを周回するイシキの背にぴったりと付き、偶人は斧を振るう。

何枚もの鱗が砕かれ、貫通し、分厚い刃はついにイシキの胸板を引き裂く。

体は塔の外壁に磔《はりつけ》にされた。

翼をもがれ、爪を折られ、牙を砕かれた。

手を伸ばせば届きそうな《天井》。ギンもこうして逝ったのだろうか。嫌なビジョンばかり浮かぶ。フロアに死体が無かったのは、きっと殺された後に、昏の花に運ばれ地上へと捨てられたから。

ギン、あんたはその瞬間、何を感じてた？

どういう走馬灯を見たんだよ。

なあ――。

「違う」

唇を噛む。

かぶりを振る。

壁面に沈んだ腕を引き抜き、口を拭う。

「違うだろ。問題は俺だ。この期《ご》に及んで、ギンに責任転嫁して。こんな時ぐらい向き合えよ。俺はどうなんだ？」

偶人は薄緑の光を槍状に撚《よ》り合わせ、投擲《とうてき》姿勢を作った。

途端に思考が晴れ、想いがくっきりと像を結ぶ。

胸を満たすのは、眩《まばゆ》い記憶。


ゲットーにほど近い区画だった。遊具の一つもない寂《さび》れた公園に一人佇む少女がおり、彼女の周りには十二名の青年が倒れていた。

少女の服は破れてぼろ切れのようになり、その背中からは薄緑の翼が伸びる。

額からどくどくと血を流しながらも、起き上がった青年の一人が、刃物を振り抜いて少女の方へと走った。

けれど刃が少女の皮膚に達することはなかった。青年の右肩から先が消し飛び、地面に転がった。悲鳴さえ上がらなかった。

偶然通りかかったイシキが彼女の振り下ろす手を止めていなければ、青年の命はそこで途切れていた。

それが、イシキとキサキの出会いだった。

キサキのエンジンは、ギンとイシキを足してもなお上回るほどの高出力なものだった。それゆえにコントロールは困難を極めた。ギンはキサキを引き取り、三人の暮らしが始まった。

今でもはっきりと覚えている。キサキが家に来た日、イシキは彼女の寝床に棘林檎の皮を仕込んだのだった。ギンを奪われるという危惧からの行動だった。けれど背中を血だらけにしてもなお泣き声ひとつ上げないキサキの横顔を見て、イシキはゾッとすると共に、自分の行いの幼稚さと惨《むご》さを知った。

イシキは四年かけて、その過ちを償った。

キサキにはもとより恨む気持ちなどなかったが、イシキがキサキを対等の存在として受け入れられるようになるまで、それだけの時間を要した。

イシキが十二、キサキが十一になる頃。

イシキは惹かれていることを自覚した。

キサキは強大な力を持っていたが、それゆえに龍威を威嚇《いかく》として使うことが、一切できなかった。相手を殺してしまうからだ。この制約は彼女を最弱の生物に貶《おとし》めた。キサキは市場にお使いに行くにせよ、イシキやギンの力を借りねばならなかった。その社会的な弱さが、そのまま彼女の体のか細さと重なって、イシキの心の深い部分へと今でも根を下ろす。

弱さは美しさだった。そしてそれは、イシキに生きる意味を与えてくれた。決して日の照らない世界で、彼女だけが光だった。

「結局、俺は」

そんな光を投げ出し、ここまで来た意味。

葛藤するような顔をして、本当は何一つ躊躇ってなどいない。この自問自答さえ、茶番だと知っている。

「ギンに捨てられたことを、仕方なかったと言いたかった――」


仕方のないことだ。キサキという光さえ投げ出して、天を追った末路。もう間もなく槍はイシキの心臓を穿《うが》つであろう。

予想を狂わせたのは、視界の端から忍び込む輝きの、一筋。

「あなたのために残されるなら、それでもよかった」

声と共に、何かが偶人の右腕をへし折った。

偶人が気を取られた一瞬を見計らい、塔から跳び離れたイシキは、再び姿無き声を聞く。

「あなたがギンみたいに私を切り捨てるなら、それでも良かった」

目で追えるギリギリの速度をほんの僅かに上回る。軌道は薄緑の光となり、空というカンバスに描かれる。

再び偶人が攻撃を受けた。今度は逆の腕が砕けた。

「でも、別れ際のあなたの表情はなに？　あの、今にも泣き出しそうな顔はなに？　ああ、みっともない」

『危険度更新』

腕の破壊箇所を薄緑の光で覆った偶人は、ついに攻撃への対応を示す。

そしてイシキの目は、やっとそれを捉えることに成功する。瞬きのうちに、その姿は入り込んでいた。セーターを内から突き破る二枚の輝きを背負い、滞空する女。ケーブルの尾を宙に揺蕩《たゆた》わせ、イシキの目前、僅か二十センチの位置に姿を現す。

「キサキ、なんで……！」

偶人ががなった。十二枚の翼を一箇所に収束させ、武器として振るう。

その攻撃を片手でいなし、キサキは答える。

「あなたが悪いのよ。守る力もないあなたが、ギンのように一端《いっぱし》に格好をつけることもできないあなたが。弱くて、ちっぽけで、それでいて私を守るだなんて言う――」

偶人から漏洩《ろうえい》する眩い光の、サーチライトのような逆光の中で、キサキは、赤く瞳を灯してみせた。

「可愛いあなたが、全部悪い」

ぞくりと、脊椎《せきつい》を這う恍惚《こうこつ》。

何故来てしまったのか。その問いに対する答えは、既に提示された。もう何も訊ねることはなかった。先手を打たれてしまった。

押され気味だった偶人が押し返し始めた。見れば翼の量が倍に増えている。偶人は、六人の龍の集合体ではなかったのだ。十二か、もっとそれ以上の龍を取り込んでいる。

だからこその、連結龍威《フライト・エンゲージ》。

数えきれない量の翼がもつれあい、幾重にも重なり、偶人の体を包む。

「キサキ、こいつ龍威をいくつも持ってる！　とても立ち向かえる相手じゃない！」

イシキはキサキの手を引き、なんとかその場から飛び去ろうとした。

しかし偶人は速度を増し、どこまで逃げても追ってくる。

「ねえ、知ってる？」

ほとんど、耳たぶにかぶりつきそうな距離だった。イシキの首根っこに鼻を押し当て、キサキが告げる。

「私たちは、弱い生き物を見ると興奮するようにできているのよ」

弱い生き物を見ると、興奮する……？　ナンセンスな話だった。

けれどそれは神話上の龍のイメージから、それほど離れていないようにも思える。

「あなたはまだ本当の力を出していない」

「それって、どういう意味だよ」

「こういう意味」

キサキはイシキの手を握ると、その襟元にそっとキスをした。

こんな時でも、体はちゃんと熱くなった。

「龍のフライト・パッケージが一番力を増すのは、交尾の時」

「こ、交尾って！」

「龍の交尾は、遺伝的交配とは別のレイヤーで行われる。遺伝子と背中合わせの関係にある全く異次元の自己複製子、その共鳴現象。それが本当の連結龍威、フライト・エンゲージ」

突然、キサキが火を吹くように赤面する。

「言ったじゃない。全部、あなたが弱いせいだって」

スケールで覆った顔を逸らしたまま、彼女は言う。

さっきまでの冷静さが嘘のように、言葉が途切れる。

バトンは渡されたのだ。

そうか。と、イシキは覚悟を決める。弱さを認め、自分は誰も守れないという自覚を抱く。自覚が、鎹《かすがい》となった。

「倒そう。二人で」

イシキもまた、そっとキサキの襟元へと唇を押し当てる。小刻みな震えが、顎《あご》を伝う。天空で二人、力強く手を握り合う。

百を超える翼に包まれ濃緑色の弾丸となった偶人へと、一度、視線を落とすと、以降もう二人は偶人のことなど見なかった。

真の連結龍威が、取り合った手と手の間に生まれようとしていた。身体中から汗が噴き出し、瞳は互いだけを捉えている。背中に回した手が、互いの翼を弄《いじ》り合っている。

やがて二人は、一個の鏃《やじり》となった。

弾丸と鏃。二本の光の軌道は瞬くうちに幾度も交わり、拒絶し合い、否定し合い、勝敗を決した。

残されたのは胴を穿たれた偶人。

いまだ、淡い恍惚の中にいる二人は朧《おぼろ》げな視界で、落ちていく巨軀《きょく》を捉えた。

気が抜けたからかガクンと左肩が下がり、浮遊感が宙づり感覚へと変化したことにイシキは気付く。そういえば左の疑似翼を失っていたのだった。まともに飛んでいられること自体が不思議だった。

キサキはそんなイシキの肩を支えつつ、塔に降りた。床に足をつけ、壁に背を預けて少し休んだ。ようやく心の落ち着きを取り戻したイシキは、心配そうにこちらを覗き込んでくるキサキに告げた。

「ギンは、命を賭けるべき相手がいるうちに命を賭けたんだ。誰のためにも生きられないよりはずっとマシだった。必要だったんだ、龍には守るべき相手が」

この期に及んで、まだ喉の奥には、ここから先は一人で行かせてくれないか？　という言葉がつっかえている。もう十分過ぎるほど巻き込んでいるのに、まだ彼女を日常へ戻せるんじゃないかという淡い期待があった。

けれどイシキのそんな甘えを、キサキの次の言葉が薙《な》ぎ払った。

「じゃあ最高だね。お互いに守り合っている私たちは」

手を繋いで、強く握り合い、一度お互いを見る。

それから目を向けたのは、第二階層の天井。世界をすっぽりと覆う、龍の作った《天井》を越えるための最後の壁。

片翼を失っているのに、恐れはない。

「行くか」

「うん」

飛び上がり、混じり合い、再び二人は一個の鏃と化す。

炸裂する連結龍威。二人だからできたこと。さすがに最上層、強い抵抗を感じたが、振り切って、前だけを見る。

分厚い装甲が砕けた時、二人は第一階層に立っていた。壁には大きく、1という数字が刻まれている。

目を凝らすと、広い広いフロアの隅に、小さなドアを見つけた。

錆び付いて、開くかどうかイシキを心配させたが、押すと不気味なほど簡単に開いた。

「足下、気を付けて。段差がある」

「ありがとう」

そこから薄暗い通路が少し伸びていて、階段が見えた時には、もう目指している場所が近いのだなと、二人は思った。金属の錆び具合から随分と長く使われていないことは確かだが、虫の巣の一つもなく、雑草はおろかカビさえも見当たらない。

手すりに手をかけた時、掌に異様な温かさが伝わった。さっきまでは凍えるほど冷たかったのに、急に肺に入ってくる空気がやたらと蒸し暑く感じた。

キサキと一緒に偶人を倒した時の体の火照《ほて》りがぶり返したのか。二段下を歩くキサキを見下ろすと、イシキを見上げる形となった彼女の顔は紅く染まり、それが無言の答えとなった。

今二人が共有している高揚感は、自分の中の龍の部分の疼《うず》き。

いよいよだなと思った。

いよいよ、龍の世界へと足を踏み入れる。

二千年もの間、人の侵入を拒み続けた龍の世界。

完全な龍の姿を、イシキたちは、模型や絵の中にしか見たことがない。しかもそれらは全て、古くから受け継がれてきた書物に則るものではなく、近代人の想像によるものであることが多い。古書には唯一、人の三倍の背丈と八倍の体重を持ち、鋭い爪と尻尾、捻《ねじ》れた角を持つ生き物と記されているだけで、全体像は朧げだ。

それでも、この先に龍が居るのだと、ハッキリとわかる。

因子がそう囁くのだ。

階段を一段上がるごとに、その確信は高まっていく。

「怖くはない？」

キサキが訊ねる。

龍に出会えたとしても、龍は人を嫌っている、いや、人が龍を憎んでいるからこそ、龍は自衛のために、あの偶人のようなセキュリティを用意した。直接対面して生きていられるのか。

冷静に考えれば、全身が不安を飲み込みかねない。だから二人は希望という麻酔を打っていた。

見えてくる最後の扉。0と書かれている。第零階層。《天井》を越えたことを暗に伝えている。

目の前の扉が、人と龍を隔てる際《きわ》なのだ。

何故龍は人を拒み、空を独占しようとしたのか。言い伝えによれば、遠い昔、龍と人は三つの太陽のもと、互いに尊重し合って生きていたという。そんな過去が何故、現在に繋がるのか。二千年前、本当は何があったのか。

イシキの手が扉に少し触れた。どうしてか手が震えてしまって、力が入らない。この一枚の扉のこちら側と向こう側では、まるで世界が違うことは覚悟している。信じていたものが根底から覆されることだって、仕方がないと思う。しかし、本能がそれを拒絶する。

そんな時、キサキがイシキの上に手を重ねたのであった。

何よりも強い支えだった。

そして扉は開いていく。数千年の歳月が隠した真実が今、扉の隙間から漏れ出してイシキたちに吹きつけた。

「ここが、龍の世界」

眩い光に包まれて、二人は一瞬自分の立っている場所さえ見失った。

光は、空の特権。

光に目が慣れてくると、イシキは心臓を抉られるような衝撃を受けた。常識が覆る、その覚悟は固めてきたつもりだった。

違った。

まるで想像にない。

常識の崩落を望んでいながら、どこかで憧れ続けていた理想郷。龍が支配する世界、少なくともそのイメージは、イシキの頭の中に居着いている。

「これが龍の世界だっていうのか……」

太陽が、割れていた。

粉々に砕け散って、空に漂っていた。

その隣には、巨大な真っ白い球体が浮《おぼ》いていた。

生きた太陽と思しきものは、一つだけだった。

『来客ですか』

振り返ると、そこには別の人形が立っていた。細身のわりにずんぐりとした手足、そして大きな笠を被っているところが特徴的だ。

人形は、二人の呆然とした様子を察したのか、優しく語りかけた。

『最近は騒がしいですね。よく来客がやってくる』

「お前は――」

『申し遅れました、私は迎門記憶回路。私はシキ王の残したイモータルアーカイブスのうちの一つです』

「シキ王？」

『およそ二千百年前に全ての龍の派閥を一纏めにし、種族にとってある重大な決断を下した龍の名です』

「そいつが、人から空を奪ったのか」

イシキは声を荒立ててそう言った。しかし心のどこかでは、もはやその定説にヒビが入っていることを認めている。認め難いという気持ちがあって、それがイシキの態度を硬化させているに過ぎなかった。

『今から二千百三十四年前、龍は三つの太陽の異変を感じ取りました。互いの重力場が干渉し合い、重力崩壊を起こす前触れを、察知したのです。龍たちは悩みました。太陽が爆発すれば、この星はどんな小さな生命も住めない星になってしまう。龍たちは考えました』

イシキが、キサキの手を目一杯握った。

キサキは、そうされることを許した。

『龍は、個体が大きく単体だけが強い生命よりも、小さく弱くも、繁殖力の高い生命を、優先して生かすことで合意しました』

見知らぬ星と、砕けた太陽。これが天変地異でなくて何か。

では龍はどこへ行ったというのだ。

一体何のために――。

『十億六千七百の龍が、シキ王とともに、その命を捧げました』

イシキは一歩後ずさり、キサキはそっと目を閉じた。

渇望してきた真実は、笑顔で二人の心に刃を突き立てる。

『九億の龍は第二太陽をその肉体で包み、沈黙の月を作りました。そして残った一億六千七百は、第三太陽の爆発からこの星を守るために、星の対流圏に集まり、大きな隔壁を作りました。隔壁は激しい太陽光線から地表を守り続けました』

話半ばで龍威を使い、両目の視力を引き上げる。

沈黙の月の表面は、真っ白でざらざらしたものが、脈打つように列を成している。まるで一つ一つが龍の鱗のように見えたそれは、次第に一体一体が鮮明になり、やがて龍の翼であるということがわかった。

　足下を見た。

　太陽の暴挙を受け止め続け、変形を繰り返し、激しい隆起と陥没を繰り返したのだろう。もはやそれが龍の肉体でできているとはわからないほど、天井の一部と成り果ててしまっている。それでもひと呼吸ごとに、彼らが呼応するのがわかった。こんな形状になりながらもまだ、龍の因子はその魔術的状態を維持している。

　龍は空を奪ったんじゃない。

　龍は大地を守った。

　種族まるごと一つ犠牲にして、他の全ての生命を生かした。

　だとしたら何故、歴史の一片にも、自らの活躍を記さなかったのか。何故塞門というものを作っておきながら、偶人を設置してまで人の侵入を防いだのか。

「そういうことか」

　天井のさらに上、この龍の大地に足を踏み入れてから、どのくらいの時間が経っただろう。五分？　十分？　もしもイシキたちがただの人であったなら、そもそもこの話を聞くことすらできなかった。

「ここが全部のゴールってことか」

　人形が、ゆっくりと頷く。

あの時感じた蒸し暑さは、太陽から送られてくる死の光だった。《天井》が遮断してくれているおかげで、弱められていただけで。

「じゃあ、俺たちはもう……」

人形は、申し訳なさそうに首を垂れる。

その態度に、二人はつぶさに理解する。本当はあの眩い光を見た時に、体は既に死んでいた。遺体を、龍の因子が無理に動かしているというだけで。

龍が自らを悪役に仕立て上げ、人に塔を登らせないようにしたのは、塔の上層へ行けば行くほど、その光の影響が強くなるからだ。

初めて全身で浴びる陽の光。それは脳を焼くほど心地いいものだった。しかしもう、人が人として光を浴びることはできない。

誰かがその無謀な希望の継承を、断ち切らねばならなかった。

龍の因子を持っていてよかったと、イシキはこの時初めて思えた。だって、こんなに眩しい光を、見ることができたのだから。

『あなたたちを案内しましょう』

「どこへ？」

キサキが小さく訊ねる。人形は毅然として答えた。

『凪《なぎ》の入り口です』

イシキとキサキは龍の翼でできた大地を歩いた。

一歩ごとに足を伝う、巨大な生命の鼓動。

「なあ、人形。もうすぐ死ぬ、いやもう死んでいる俺たちを、どこへ連れていく」

『ご心配なさらず。もう着きますよ』

人形が案内した先には、小さな丘があった。

噴火口のようにも見える。

『あなた方は答えと引き換えに命を差し出しました。そうであるなら、龍はあなた方に、最大の喜びを与えます』

人形はその場所を指さしたまま、ピタリと動きを止めた。イシキとキサキは、丘へと恐る恐る近づいていく。人の姿が見えた。遠目では良くわからないが、丘に背を預けて眠っているようだった。

駆け寄って、言葉を失う。

「ギン」

「ギン兄」

声が、重なった。

両腕両足は丘と一体になり、頭も鼻先までが沈んでいる。けれどそこには確かに、二年前に消えたはずのギンの姿があった。

心底幸せそうな寝顔が、何だか酷く懐かしく、憎らしい。

「たった一人であの偶人をいなして、上がってきたのか。やっぱ敵わねえなあ」

イシキの消え入りそうな呟きを、キサキは頷きによって汲む。

ふと振り返ると、人形の姿はすでにない。

二人はもう一度ギンを見下ろし、互いに見つめ合う。

「目覚めた龍は、弱い生き物のために生を捧げる。そうなることは止められないんだ。俺たちは龍になっちまったのか」

イシキが言うと、キサキはくすりと笑った。そうしてゆっくりと膝を曲げ、ギンの右手に腰掛ける。イシキも観念して逆側に腰掛ける。ギンを挟むように二人は、丘に背を預ける。

目を閉じる。

「ねえ。ギン兄はずるかったけど、私は抜け駆けはしたくないから。だからさ――」

瞼を貫通する光をいっぱいに感じていると、キサキが言った。

「ずっと未来の話をしようよ」

未来なんてないのに、それが悪くない響きだったのは、実のところ本当は、未来があるからかもしれない。

認めたくはないけれど、体は摂理に従順だ。

「私たちがいなくなって、人間が龍のことを忘れて、何事もなかったみたいな顔をして生きてる、そういうずっと未来の話」

イシキが右手を伸ばすと、そこには触れるべき左手があって、握り返してくれた。

あらゆる感覚が失われ、その皮膚の接点だけが世界に残る。

「いいね、それ」

イシキはとうに言葉ではない方法でそう答える。

それにしても、本当に気持ちのいい陽《ひ》だ。

後記

謹啓　親愛なる貴重な読者の皆さま

この度は『シメオンの柱～七つ奇譚～』をご高覧賜りまして誠にありがとうございました。心より厚く御礼申し上げます。涼海風羽と申します。本作を企画しました、普段は旅人をしております。

今回の「七人の作家によるシェアワールド・アンソロジー」という企画を発起したのは、二〇二二年も暮れの頃。世界では人々の心を揺さぶる出来事が続き、いつも心に息苦しさを感じていた時期。そんな現状を打破すべく、日頃良くしてくださり、とてもとてもとーーーーーってもも優しくて凄くて素晴らしい作家の皆様にお声掛けをし、ニコニコご寄稿いただいた末に実現したのが本書になります。

名を連ねてくださったのは、いずれさまも多様なスタイルで活躍される作家陣です。かずなしのなめ先生、しば犬部隊先生、星月子猫先生、武石勝義先生、十三不塔先生、いています。心の底から感謝しております。巻末解説は「日本SF読者クラブ会長」で「蔦屋書店熊本三年坂SF部長」である三瀬弘泰様にお願いいたしました。私のデビュー当初から可愛がってくださっている恩人で、この方抜きで今回の企画の実現はありえませんでした。心の底から感謝しています。

そして、本書の帯の推薦文を快く引き受けてくださった新日本プロレスの支配者《Dominator》、グレート-O-カーン選手。アニメ・漫画・ゲームとあらゆる国内オタクカルチャーに精通しておられる「史上最強のオタク」と名高きお方です。企画をお持ちした際に熱い激励をいただき、その言葉を胸にここまで来ることができました。強くて面白くてカッコイイ最高の戦士です。本当にありがとうございます。窓口となってくださった株式会社アミューズ様、様々なお計らいを賜りましたことを心より深謝申し上げます。

また、難解なお題に拘らず素晴らしい装画を仕立ててくださったイラストレーターのわみず様、企画書の作り方を熱くご指南くださった編集者の関根亨様、日本縦断の旅先で共感と応援の言葉をくださった作家・クリエイターの皆様、丁寧なお仕事で導いてくださいました文芸社の皆様、そしてご担当の桑原様をはじめ、多くの方々にご協力いただき、形のなかった一つの想いをこうして具現化できた幸せ、忘れることなく語り継いでまいります。

物語に登場する「霞」は生きることへの息苦しさを表したものです。そんな世界でも、自分の望みを叶えるため、懸命に生き抜いた人々の物語をお届けできればと願っております。

それではまた、次の作品でおめもじ叶いますように。深謝、深謝……。

謹白

日本国内・本土南端の湾岸地にて　記

解説　今日も柱は我々を【〈見下ろして〉〈見守って〉】いる…。

三瀬弘泰

みなさんは〝シェアード・ワールド〟という言葉をご存じだろうか。共通の世界設定を複数の作家が共有し、お互いに作品を提供しあい発展させていく、昔からある創作スタイルである。

有名なところでいうとホラーではクトゥルフ神話、ファンタジーならウィザードリィ、ＳＦならスター・トレック、アメコミならマーベル・ユニヴァースといったところか。

このアンソロジー〈シメオンの柱〉もその定石にならい、初期共通設定が四つある。それは……

◆大きな石造りの橋。

◆目の前は霞がかって十メートル先も見えない。

◆ただし霞の向こう（橋の向こう）には、巨大な塔がぼうっと光って見える。

◆塔の周りにはクリーチャーっぽいのが浮かんで見える。

文字数にして百字に満たない設定からこの七つの物語は創作されたのだ。ご一読いただければ分かる通り、それぞれが著者の創作力によって唯一無二のストーリーに昇華されている。

では各作品を紹介していこう。

トップはかずなしのなめ氏の『今日も運び屋は車輪を回す』。大きな橋により繋がった集落、霞の中にそびえたつ巨大な塔。そこに暮らす人々に物資を届ける〝運び屋〟の青年。彼は物資を運ぶ途中で一人の少女と出会う。旅の道連れとなった二人は野盗などの脅威を排除しながら進むうちに心を通わせていく。

作品世界への入り口を飾る物語として、シメオン世界の住民たちの生活や信仰体系、そして塔との関わりあいなどを知ることができる。靄に閉ざされた特殊状況下における人間行動を組み込んだ点が読みどころだ。

かずなしのなめ氏は『異世界の落ちこぼれに、超未来の人工知能が転生したとする結果、超絶科学が魔術世界のすべてを凌駕する』（ドラゴンノベルス）にてこれまでとは一風変わったファンタジックＳＦを描いた意欲作を上梓。異世界転生に新たな創作エッセンスを投入したといえるだろう。

元最強ＡＩ兵器の無機質な言動とラーニングスタイル、そしてサイバネティックな戦闘描写が爽快感を与える〝成長譚〟(⁉)。

二作目はしば犬部隊氏の『腹を空かしたバカが因習胸糞トンチキ宗教集落にやってきて、すべてを暴力でバチクソに滅ぼした後グルメする話』。

美味いものが喰いたい！　その行動原理に沿って活動する主人公が向かった先は、「歴史が記された書物が収蔵された図書館。

向かう際に同乗した輸送トラックにはホルモン教の修道院から街の寄宿舎へと移動する十六歳の少女たち。

街に着き、宿屋に落ち着いた主人公は、天井に赤黒い血文字で書かれた〝サラダニサレル、ハヤクニゲロ〟という伝言を見つける……。

因習村というステージに食と殺戮と無垢な心が乱れ舞う！　暴食アクションホラー奇譚！

しば犬部隊氏は『現代ダンジョンライフの続きは異世界オープンワールドで！』『凡人探索者のたのしい現代ダンジョンライフ』（共にオーバーラップ文庫）を刊行。

両作品は同一世界の別物語であり、キャラクターや出来事、組織などが一部共通している。

そのなかでも食とバトルについて飛びぬけた熱量で描かれており、その筆致は今作にも遺憾なく発揮されている。

私としては菊地秀行の『妖神グルメ』っぽいテイストも感じる。海鮮が食べたくなること請け合い！

三作目は星月子猫氏の『断片ババア』。

世界のどこからもうっすらとその姿を仰ぎ見ることができる不変の存在〝塔〟。そこに塔があるから登ってみたい。それは人なら誰しも思う目的意識なのかもしれない。

そんな塔に焦がれた一人の青年と塔を長年観測し続ける〝断片ババア〟との邂逅を描く短編だ。

ここに登場する断片ババアにより〝シメオン世界〟に新たな繋がりが生まれる。そして塔におけるクリーチャーの存在についても明かされていく。

星月子猫氏は『最強人種』『LV999の村人』を刊行。

RPGでも通常モブである〝村人〟という役割に注目し、その職業が最高レベルまで到達したらどうなる?という意表をついた観点から描くファンタジー作品。

だれも気にしていなかった、役職だとも思っていなかったキャラに注目するという視点が面白く、これまでの定石を覆した先駆といえる。

世界をどの人物視点で見るのか？　だれが観測者となるのか？　まさに〝断章〟とも言うべき物語だ。

四作目は今アンソロジーの発起人である涼海風羽氏の『獣の花園　ルルディ・ナ・ベイスティア』だ。

塔に生息する黒獣の呪いを受けた主人公は、万物を癒すという伝説の宝玉を求めてシメオンの柱を探索していた。

そんなある日、彼はイヴェテという黒獣の神を自称する女と出会う。

最初は警戒する主人公だったが、ともに旅するうち彼女の心根に触れ、徐々に打ち解けていく。

しかし黒獣の呪いは主人公の身体を蝕み、いつしか精神にまで影響を及ぼすようになる。

二人は目的のモノを手に入れられるのか、そしてお互いの過去を清算することは出来るのか？

二人の旅を主軸とするパートと〝誰か〟の心情を吐露するパートを挿入することでミステリ要素高めの読み味にもなっており、構成力の高さに唸る。

著者の涼海風羽氏は人類と機械の闘争を描く『雷音の機械兵《アトルギア》』（幻冬舎）にてデビュー。

人類の95％が〝高度知的無機生命体・機械兵《アトルギア》〟により死滅させられた世界で運命にあらがう二人の少女を主役にしたダークＳＦファンタジー。

紙面には出てこない膨大な設定による伏線。それを回収する構成と今アンソロジーでも見せた手腕が光る長編。

日本各地を旅する舞台俳優としての顔も持ち、その演出力や立ち振る舞いはしっかりと作品にも反映されている。

五作目は武石勝義氏の『クライマーズ・ドリーム』。

奇怪な大小さまざまな管に囲まれた部屋の中。そこに集う人々は管から排出される肉塊を求め争い、奪い合う。

そんな阿鼻叫喚が日常と化した場から逃れ、十分な糧食を得るにはここからさらに塔の上層に登らなければならない。

幼馴染の少女を残し、上層部を目指す少年はその途上で様々なモノや死をその目に焼き付け、塔にまつわる事実を目の当たりにする。

塔の外周に住む人々に焦点を当てたストーリーから一転、塔の中にいる住民に関しての物語であり、またもや世界のカラクリを覗き見ることができる。

武石勝義氏は中華世界を思わせる時代小説『神獣夢望伝』で日本ファンタジーノベル大賞２０２３大賞を受賞し同作でデビュー。

緻密に考えられた世界と人物描写、そしてドロリとした感情表現が読者の心をえぐる。

今回の作品は人とクリーチャーの淡い境目を描き出し、状況によって見え方や受け取り方の変化を描き分けているといえる。

塔を取り巻く靄を照らす一筋の〝希望〟とも思える光明があること、それは著者のなかにある飽くなき〝創作の登攀者《とうはん》〟としての矜持《きょうじ》なのかもしれない。

六作目は十三不塔氏の『アンダーサッド』。

橋桁の下に住む〝吊民〟たちはフックやハンモックを使って吊り下がり、橋の上から降ってくるモノをリサイクルして生活していた。

吊民のグウェンは落下物で楽器を作る職人。さまざまな楽器を作り出し、それを人々に渡して奏でるうちにいつしか楽団を結成。

自然と楽団は複数発足し、そのなかで奏でる音楽によって塔の周辺の霧がある変化を起こすことが発見される。

そこに橋桁の上層からとある来訪者が〝落ちて〟きて、上層と下層は大きな流れに巻き込まれていく。

これまた塔の周辺をめぐる民族史と、世界を構成する大きな要素のひとつ〝霧〟についての知見が披露される物語となっている。

十三不塔氏は『ヴィンダウス・エンジン』で第八回ハヤカワSFコンテスト優秀賞を受賞し書籍化。

中華世界を舞台としたＳＦや、ペンネームの由来でもある麻雀ＳＦなど多種多様な題材を物語に料理する名手。

広範囲にアンテナを張り、その収集力による引き出しの広さは特筆に値する。今回のアイデアも海洋ゴミを楽器にする演奏集団から着想を得たとのこと。

最新作は軌道エレベーターでの恋愛リアリティショーを描くファーストコンタクトＳＦ、『ラブ・アセンション』。この原稿を書いている今はまだ刊行されていない。刊行が楽しみである。

ラストは人間六度氏の『龍の襟元にキスをした』。

〝シメオンの柱〟にたびたび言及される存在〝龍〟。

龍がまだ人と生存していた時代、朽翼期と呼ばれる人と龍が争った時代を経て、龍は世界に〝天井〟を作り空を奪った。

そして龍は高層の塔《塞門《サイモン》の柱》に籠り、人類と隔絶。その因子だけがわずかに人類へ残った。

龍と人類の確執により、因子を持つ人は迫害を受けるようになる。

《閉翼》から二百九十年の、夏。

龍の因子を持つイシキは〝天井〟目指した兄ギンを追って、同じく因子をもつキサキを残し虚空へと旅立つ。

〝シメオン世界〟の根幹を描く壮大な設定と時間軸の長大さ、まさに最後を飾るにふさわしいスケール感！

人間六度氏は『スター・シェイカー』で第九回ハヤカワＳＦコンテスト大賞を受賞し書籍化。

以降も長編・短編をコンスタントに発表・刊行し、日本ＳＦ界をけん引する一人として活躍している。

特徴的で一度見たら忘れられない〝固有名詞〟を創作し、まるで言霊のようにそこから物語が創出されていく。

今アンソロジーでもその創作力はとどまることを知らず、所狭しと作中に登場している。

だが、一番の見どころはワードに起因する巨大なイメージの奔流だろう。ぜひその流れに身を任せて読んで欲しい。

これで七作品の紹介と私なりの解説は終了となる。

あらためて読み返してみると、これほど多種多様な作品群になるとは想像もつかなかったというのが素直な感想だ。

企画段階から私も参加させてもらっていたが、最初の全員交えての打ち合わせでは、ファンタジー寄りだなと思っていた。

しかし蓋を開けてみれば、ファンタジーだけでは言い表せない絢爛な作品が、わずか百字に満たない言葉から創りあげられた。

その生まれてくるさまをリアルタイムで観測できたこと、一生で一度の得難い経験だったと思う。

ここにあらためて発起人の涼海風羽氏、彼を含む七名の創作者の皆さん、装丁画を手掛けるわみず氏、そしてグレート-O-カーン氏と編集者に感謝の意を伝えたい。

私のSF人生にまたひとつかけがえのない宝物ができました。ありがとうございます。

そしてこの作品をこれから読む読者の皆さんへ、ようこそ靄と橋に煙ぶる〈シメオンの柱〉の世界へ！

あなたがたがこの世界の新しい一ページを刻む旅人にならんことを！


（蔦屋書店熊本三年坂書店員・日本SF作家クラブ会員）

企画：有限会社劇団ドリームカンパニー
　　　涼海風羽

本作品は当文庫のための書き下ろしです。
本作品はフィクションであり、実在の個人・団体などとは一切関係がありません。

文芸社文庫NEO

シメオンの柱～七つ奇譚～

二〇二五年二月十五日　初版第一刷発行

著　者　かずなしのなめ　しば犬部隊　星月子猫
涼海風羽　武石勝義　十三不塔　人間六度

発行者　瓜谷綱延
発行所　株式会社　文芸社
〒一六〇－〇〇二二
東京都新宿区新宿一－一〇－一
電話　〇三－五三六九－三〇六〇（代表）
〇三－五三六九－二二九九（販売）
印刷所　株式会社暁印刷

ISBN978-4-286-25896-6